脫掉身體談戀愛

体を脱いで恋しよう

H 著

但是……倒底什麼是幸福呢？

目錄

CONTENTS

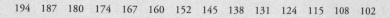

作者序

其實，在我自己的人生規劃中，寫作，是放在六十歲以後才要做的事情。退休養老時，在家中利用老人家早起睡不著的時間，把人生的歷練壓縮再妝點後，擬出一篇充滿人生哲學的文章；再利用午睡後，到傍晚五點半吃飯之前的時間，將早上的文字修修改改，期許給大家一個多功能的作品，既可以殺時間，又可以長智慧。

想起來眞是愜意。

只不過，人生的變化通常不是自己能夠掌控，已經歷過許多變動的我，似乎也不會去在意這種所謂的生涯規劃了……

也因爲時間提前了，所以寫作的題材也會有所改變吧。如果眞的到了六十歲再開始動筆，《未來，我是你的老婆》可能就變成了，《未來，我是你的老婆婆》；而《還沒聽見我愛你》，也可能變成了《不想再聽我愛你》之類了吧……

說這些，只是想強調，寫作時的心智，會影響寫作的題材。

《脫掉身體談戀愛》，對我來說其實不是想討論「戀愛」這個主題。只不過，「愛情」在四十歲之前，再怎麼說，應該都還是女人生活中的重心。我媚俗地希望，自己想要表達的心情，可以透過衆人較有興趣的題材，更具體的呈現出來。

好幾年前母親上吊自殺，我開始著手處理後事。

這還眞是生平第一次。

包括去地方政府單位，將身分證註銷、法醫調查是否有他殺嫌疑、申請死亡證明、處理火化，也包括出殯當天的所有儀式……

從年輕時期開始，我就是個喜歡反傳統、搞創新的人，因此對於台灣人處理身後事這一連串的流程，從來沒有仔細研究，甚至連聽都不想聽，老一輩的人要我們披麻帶孝之類，都被我斥爲無稽之談。

然而，當身邊最親近的人過世之後，卻又不想因爲自己的堅持，讓她在另一個空間，有半點受到不公平待遇的可能。該做的就照做、該說的就說。我不再反駁，畢竟寧可信其有。

奇妙的是，母親過世後，至今，我只夢過她一次。

當我出差至北京時，某一夜的夢裡，不過也就一面。不到三秒的時間，母親看著我，緩緩轉過臉。

當晚，我醒過來，卻無法解讀那背後的意義。

因爲母親離開得突然，以致於我有滿腹的疑問或是話語想要對她說。然而，這種心情，眞的只能用遺憾兩個字來代替。

等到心情恢復平靜後，我儘量按照習俗的時間，用該有的禮俗去祭拜母親，但是我依舊充滿了疑惑。

蠟燭，何用？燒香，何用？冥紙，何用？所有我想要傳遞的訊息，眞的都能夠透過這些傳遞到那個空間去嗎？

我滿心懷疑。

又或者，當我一個人在某個空間，想著因現實生活混亂而無法解決的窘境時，我總是看著身邊，想像母親是否正在一旁看著我，替我擔憂。

最近幾年，看著身邊發生的事情、看著台灣的亂象，有時候在心裡也認同了母親的決定。

離開人間，也許是種解脫，如果不需要考慮周遭的人的感受的話，脫離軀殼，反而會讓事情更單純。

當母親過世後，親戚、朋友、生前受過她幫助的、生前幫過她的人們，每個人的嘴臉、態度及思考的問題，落差很大。我也常想，如果母親的靈魂在身邊的話，看著這些人的反應，她應該充滿了感慨吧。

當然，我相信母親的離開，某部份也可能是想看到預期中，父親的悔恨吧。

這種一掀底牌就可以知道結果的作法，很極端，但也很實際。

因此我常會想，如果亮了底牌，知道了結果後，又可以再把底牌蓋回去的話，我不但可以知道對方的底限、知道對方靈魂深處眞正的想法，我還可以活得好好的，那該有多好。

朋友之間如此、夫妻之間如此、情人之間更是如此。因爲人類的意識分成了太多層次，常常讓相處的人無法了解最眞的那面。

講了這麼多，只是想講說，上述這些是我寫這篇小說的目的。

也許寫完之後，我自己會產生不同的感覺，也許會被故事帶到了其他地方，就讓我留在後記描述。

《脫掉身體談戀愛》是第一部眞正想要表達H心底深層的小說，也許沒有《未來，我是你的老婆》般討喜，但是如果用心閱讀，應該可以讓你有更多些思考的層面。

H的第四本書，希望你會喜歡。

推薦序

知名作家——躲在角落畫圈圈

「好想得到屬於我的幸福啊！」

不管在什麼年紀、什麼背景下，每個人多多少少都會對自己說過這樣的話。

當這話在腦中脫口而出時，通常我們已經把幸福定義好，或者至少也在心裡描繪出了大概的雛形。

那……「什麼是幸福呢？」

開始在 Yahoo 時尚頻道寫專欄或甚至出了書後，就斷斷續續一直會有朋友或網友問我。

「我這段戀情是對的嗎？」

「我該跟這個人告白嗎？」

「戀愛這樣談好嗎？」

「三個對象裡我該選擇誰？」

大概是我說了太多關於愛情的事，以至於朋友們把我跟愛情劃上了等號。奇怪的是，比起愛情，我更展露了對畫畫、設計、品味或是對人生想法上的頭角，但他們老是問我感情的事，並且以「眞希望跟你一樣有令人羨慕的愛情啊！」來結尾……

是這樣嗎？

曾幾何時，愛情幾乎已經成爲幸福的指標了，而且居然還嚮往起一段現成的故事……

那……你幸福嗎？

體貼加十分……

好看加二十分……

愛你加三十分……

永不變心加一百分……

我們對於「愛情＝幸福」的觀念太根深蒂固，對於愛情裡該怎麼做太過盲從。這一套幸福進化論，我們到底是從哪學來的？

如果有一天，我們能暫時變成旁觀者，以冷靜的角度來觀察自己的人生，那會發現多少祕密？

當站在旁觀者的角度時，發現原來有人背叛了自己、發現原來自己的堅持不完全對、發現將愛寄放在錯誤的地方、發現幸福跟大家描述得不太一樣……如果今天我可以像書裡的女主角一樣，得到一個靈魂出竅、變身成爲自己人生裡的旁觀者的機會，我會斷然拒絕。因爲我早知道沒有白紙黑字的幸福論，眞正的愛情已經悄悄紀錄在你心裡，只有自己才知道什麼叫屬於自己的幸福，但我們卻老是用別人的條件畫地自限罷了……

當還沒有成熟到懂得抓住屬於自己的幸福時，就先藉由H的文字魔法來帶領著，暫時讓我們跟著女主角一起，離開自我、認清自我，最後，找到眞愛……

你的眞愛在哪裡？

也許是愛情、也許是一個未知的對象、也許只是一個信念……

也許，只是一句話……

第01話

斷片＋累格

粽子的聲音消失了。

原本是面對面看著粽子，他正對我說著新書的截稿日期。一瞬間，卻像是聽到什麼關鍵字，啓動了我腦中的機制。粽子的聲音，就這樣消失了。

「這一本書，因爲是和『車禍』有關係的……」嚴格說起來，應該是「車禍」兩個字出現後，粽子的嘴巴看起來就變成像是慢動作一樣，一張一闔。而我後腦杓迅速流竄過的刺痛，連帶著我的眼睛產生了眨眼反應。

「小新，小新……妳還好嗎？」兩秒後，我恢復了正常，粽子的聲音，再次傳進耳裡。

我看著手上的資料夾，像是回到了現實。

「沒事呀，你繼續說……」我再度看向粽子──一個月內約了我三次的男人。

「好，總之這本書要在月底以前弄完……妳有問題再來找我……我……我……我……」這次粽子的聲音像是累格一般，不停重覆最後一個字。

而我眼睛看見的畫面，粽子的臉竟轉換成別人。

大新脖子上三個小痣的影像，在這時隱約出現在我的眼前。我記得在床上的時候，我最喜歡用舌頭，舔大新的這個部位。

「小新……」隨著粽子語氣恢復正常，大新的臉瞬間又被粽子取代。

「我說完了，妳可以停止發呆了嗎？」粽子的臉有點無奈。

「誰在發呆……說完就讓我工作吧……」我冷冷地。

粽子沒好氣地離開了我的辦公桌前，整個環境又恢復了充滿打字聲及傳眞機的聲音，以及偶爾響起的電話鈴聲。

我在這間出版社工作了三年，但這幾個月，我卻越來越陌生。

主管沒有變、老闆沒有變、同事也差不多，但，我知道，我變了不少。

我的電腦桌上放著一盒這三年來都用不完的名片，上面寫著「資深美術編輯——唐心亭」。

雖然名片上是我的名字，不過大家都叫我小新。

通常會被稱呼爲小什麼的，都是因爲另外有個大什麼的，我的情況並不例外，只因爲我的男朋友葉維新，他被稱爲大新。

而大家都習慣叫我們爲——雙新奇緣。

這是緣自於約莫二十年前的一本少女漫畫，當時在台灣也算是相當走紅。自從大學時代我和大新開始交往之後，小新這稱號，就再也沒有離開過我。

「你不要生氣啦，我這禮拜要回老家，下禮拜一定去你那邊過夜啦……」甜姐雖然用手掩著話筒，但我還是可以聽到她壓低喉嚨的聲音。

甜姐晚我幾個月進公司，是公司重要的文字編輯，很多重要的簽約作者，老闆都交派給甜姐負責。

甜姐每天進公司都將自己打理得很好，臉上的全妝、精心挑選的衣服與香水，再搭配上時尚的高跟鞋，甜姐總是讓自己看起來充滿了女人味。

不過這時候的她看起來似乎急得快要哭了。

她就坐在我隔壁。而我，這半年來，只冷冷地看著她。

「……沒事吧？」我說。

「……我男朋友……每次都很無理取鬧……一點都不體諒我……」甜姐基本上，眼眶已經含著淚了。

「男人……好像……總是不懂女人的想法耶！再這樣下去，我很想跟他分手……」甜姐開始對我傾訴，像是找到了垃圾筒般，一股腦地開始往下倒。

「他自己有事情的時候，不能赴我的約，他就會說男人有男人的苦衷，而我需要有私人空間的時候，他就一定要我過去……小新，妳說……是不是很不公平……

平……平……平……」

今天大腦的 CPU 負荷量似乎特別低，繼剛才的粽子之後，這下子連甜姐說的話都將我逼入了另外的斷片思緒中。

半年前，我和我男朋友，也有過類似的情況。

大新曾經指著我鼻子大罵著：

「我要加班呀，妳不用加班喔，我不是說過，我們兩人先以事業爲重嗎？要談結婚等到以後再說……」

大新每次講到工作比較重要時的眼神，總是讓我特別害怕。

「小新……妳有在聽我說話嗎？」甜姐還在我面前。

我按了按自己的眉頭，眼睛閉起來，試圖讓自己清醒幾秒。

「……小新，不好意思啦，我不要煩妳了，妳有妳自己的事情要忙……」甜姐將身子轉回面對電腦，表示談話結束。

而我卻絲毫不知道，我們談了什麼。

我緩慢地將位子也轉向電腦，面對著螢幕保護程式，我的腦子無法正常運轉，我用左手輕輕抓著自己的右肩，那感覺，卻像是大新在我身後，替我按摩紓壓，緩緩地揉著。

好舒服。

然而當我的右手碰觸到滑鼠的瞬間，電腦桌面所呈現的照片，活生生將我從想像中拉回。

我看到了大新騎著摩托車時的燦爛笑容。

這也讓我想起了大新出車禍的那天下午，我坐在辦公室裡，透過窗戶看著超大雷陣雨。

都已經半年了。

我看向這時的窗外，午後的陽光和煦地灑著，那天午後的雷陣雨，就像是沒發生過似的，而我心裡，更希望那天下午的事情都是假的。

畢竟，這一切都不同了。

大新，自從那天起，睡了半年。

小新，自從那天起，斷片＋累格的生活，也過了半年。

其實，我知道甜姐剛才跟我說了些什麼，但我心裡的ＯＳ是：「妳還有男人可以埋怨，就請妳不要再埋怨了……」

我的愛情，已經沉睡了半年了……

第02話

扭曲的幸福

格林的家位在北投。

那是一整棟英式古堡別墅，連帶一樓將近五十坪大小的花園，這絕對是要價不斐的住宅。

格林的老婆幸兒，正從別墅內端出今天的第八道菜，雖然都是很簡單的菜餚，但是對於這一群將近二十個人的團體，在戶外花園餐桌上，這種方便拿取的菜色，得到大家很高的評價。

格林五歲的兒子吉米，正在一樓花園的草地上跑著，後面追著吉米叫不停的米格魯，是格林養了快十年的狗——畢伯。

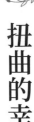

格林是我們出版社的老闆，一個將近五十歲的老好人。

或許是我上班的時間不長，看過的老闆不夠多，但是我真的想講，格林應該是我遇過最好的老闆了。

「小新，今天心情好嗎？」端著紅酒杯走過來的，是本月約了我四次的粽子。其實粽子長得不差，一百八十公分高，國立大學中文系畢業的他，說是很多女孩子心儀的對象我也不覺得奇怪。

「不錯……」我說。

「那晚一點妳有要去哪裡嗎？」

「沒有……」

「一起去吃飯？」第五次邀約。

「……我想喝杯可樂……」

「我幫妳拿，妳等等……」粽子轉身就往餐桌方向走，而我也立刻轉身往粽子反方向的別墅內走去。

我對粽子沒有惡意，但是對他實在興趣不大。

格林家的一樓，除了外面的大花園之外，房子內的擺設也是充滿了古英式風格設計，長長的迴廊，整套的盔甲四處可見。大新出事前，我曾經和他來過一、兩次，我們兩人對於這樣的生活環境，只覺得是人生中的理想境界。

「我也想養狗……」我說。

「養狗就不好養小孩……」大新回。

「我也想養小孩……」我又說。

「養小孩就不要養狗……」

「不能又養狗又養小孩嗎？」我說。

「我可以養妳又養小姨嗎？」

「我可以打你又扁你嗎？」我笑了。

我們兩人在草地上追逐著，一直到格林走出來，我才尷尬地將要給的檔案交給他。

正確說來，我並沒有失戀。但是這半年來的日子，比失戀還深刻。平常生活中簡單的一句話、百貨公司裡播放的一首歌、同事不經意的一個動作，或是以前曾走過的街景，任何一個小小的元素，都是那麼容易提醒我，半年前的我們，曾擁有過的快樂生活。

而今天為了參加我尊敬的老闆的兒子生日會，我又來到這個曾經是我們談論過理想的建築物。

我摸著格林家的大門把手，想起了大新曾經和我聊過的室內裝潢；我踩著格林家從一樓到二樓的樓梯，想起了大新曾經和我提過的室內採光。

也許他可以睡幾十年，只不過我知道我撐不了那麼長。

「妳可以不用理他呀……」在長廊的那頭，傳來了格林的聲音，打斷了我的回憶。

我循著聲音走去，看見格林和甜姐正在餐廳裡面坐著。格林一向對我們員工的態度都很和氣，因此這時候的他臉上露出了難得的怒氣，讓我有點卻步。

而甜姐坐在對面，眼淚含眶。

我站在餐廳門口，格林注意到了我。

「小新！」

隨著格林的叫聲，甜姐回頭看到了我，帶著點驚訝表情的她，連忙擦乾了自己臉上的眼淚，起身便從我身邊走開。

我來不及叫住她。

「怎麼了？」我問。

格林露出了苦笑。

「不是什麼嚴重的事情啦……」

「那是……什麼？」我追問。

格林起身走到水槽邊，扭開水龍頭，自顧自地搓洗著手。

「三好，妳知道吧？」格林說。

「嗯……」我豈止知道，這幾年，三好的文字，已經陪我度過了百種情緒。

格林洗完手後，拿起旁邊的手巾擦拭著。

「甜姐一直是負責三好的編輯……」這我也早知道。

「不過最近，聽說三好對她不滿意……」格林這時候才算是面對著我說話。

「怎麼了嗎？」我問。

「我不清楚……不過，三好以男性角度刻畫女性愛情的細膩度，已經是我們出版社的金字招牌作家，如果他眞的對我們不滿，想要和我們停止合約，進而去選擇別的出版社合作的話，我們公司，會受到很大的影響……」

我聽了後，眉頭也自然地皺了起來。

不過我在意的倒不是出版社的收入問題，而是這公司一直都是和三好合作，無形中讓我也覺得和三好有種親近的感覺，如果眞的停止合作了，那麼對我而言，似乎就失去了這個和我心目中的名作家，唯一的特殊關聯了。

「所以……甜姐惹惱他了？」我問。

「嗯……詳細情況我也不太清楚，甜姐自己也講得模模糊糊，總之，這事情她自己必須要負責，我剛才就是跟她在討論這個，希望可以留住三好……」

「嗯……」我無言。

格林看著我，微笑地說著。

「好啦，這不關妳的事，別想太多。幸兒的甜點應該已經做好了，我們一起下去吃吧……她的甜點，可不是外面的餐廳可以吃得到的……」

我不想回應，因爲這話我聽過，就在上一次我和大新來格林家的時候，他就已經誇獎過他老婆了。

當然格林不知道，這句話，又把我推向了斷片的記憶中……

第03話

久違的好事

從格林家回來的兩天後，我正在辦公室裡趕著月底要交給粽子的稿。

而我在兩分鐘內喝完一杯咖啡，因此只好不停地到茶水間再泡一杯。

我知道我利用咖啡因在幹些什麼事，畢竟斷片或是累格的生理現象，還是需要成群結黨的咖啡因來抑制。

公司裡的茶水間不大，卻也足夠讓大新主演的斷片記憶再度登場。

「妳可以別再喝咖啡了嗎？」大新抓著我的手要我停止沖泡。

我瞪著他：「那你可以不要再買可樂了嗎？」

小事。但，從大學畢業以後，這些小事就是左右我倆生活的一切。

「啊！」就像是有人拉扯著我的手一般，斷片回憶竟然讓我失神到將熱水燙到了自己的手上。我抿著嘴，用冷水趕緊沖著被燙到的右手，然後不認輸地繼續將滾燙的熱水，再一次注入我的杯子中。

從我座位到茶水間的路上，中間會經過格林的辦公室。而格林爲了讓自己不享有特權，刻意將他的辦公室只用透明玻璃窗隔開，任何人都可以一目了然看到裡面有誰、在做什麼。

其實第一趟經過時，我已經看到了甜姐在格林的辦公室內，兩個人比手畫腳爭論著。回程時我看到甜姐依然坐在同樣的位子上，但是格林整個人已經站了起來，用足了全身的肢體，表達他的情緒。

玻璃窗是隔音的。

因此我只能看出格林非常激動地表達著，而無法得知兩人到底在談論些什麼。不過依據那天在格林家他對我說的事情看來，我可以猜想，應該又是與大師三好有關。

我小心翼翼捧著我的咖啡，回到了座位上。

沒多久，甜姐則是氣沖沖地回來──也就是我隔壁的辦公桌，很迅速地收拾著桌上的文件，拎著她的名牌包不發一語朝公司大門離去。

我有點驚訝。因爲格林和甜姐兩個人都不是那種會有高度情緒反應的人，而我想，受了氣的甜姐，應該是去找她的男朋友了吧。

兩秒後，桌上的分機響起。

「小新，妳和粽子進來一下……」格林的聲音。

三分鐘後，我和粽子──本月內約了我五次的男人──一起出現在格林的辦公室內。

格林的表情看起來有點疲憊，雙手掩面揉了揉眼睛後，要我們兩個坐下。

「那個……粽子現在手上的事情多嗎？」格林問。

「還好……」

「小新呢？」

「還好……」其實事情不少，但是，我猜想得到格林後面要說的話，所以我假裝還好。

「……三好，一直是我們公司的金雞母，而從幾年前開始，他的編輯都是由甜姐負責，當然……也是因爲他喜歡女人，所以甜姐一直都配合得很好。三好這個人不喜歡和太多人見面，因此一直以來，除了我和甜姐之外，公司裡面的人幾乎沒有人看過他本人……」

聽著聽著，我產生了許久沒有的興奮感。

「只是，最近甜姐可能因爲個人私事的關係，和三好大師之間的相處有了點摩擦，因此，經過討論之後，我決定，換掉三好的文字編輯和美術編輯，也就是說，從今以後，粽子你就是三好的文字編輯，小新妳負責三好的美編……」

果然如我所料。

「粽子，你可以勝任吧？」格林看著粽子，帶著點質疑。

「沒問題，社長，包在我身上……」粽子一臉勝券在握的樣子，讓我起了點反感。

「從下禮拜一開始。就這樣……沒事了，你們先出去吧。」格林著實面帶倦容。

粽子精神抖擻地起身走出了辦公室，我尾隨在後，卻被格林給叫住。

「小新，妳等等……」我不發一語地坐回了原位。

「這事情，讓甜姐不太高興，所以，妳有時間的話，多陪陪她。另外……三好大師喜歡女人，不要讓粽子單獨和他溝通，妳和他儘量一起出現，比較好……」

我點了點頭。格林揮手示意我可以離去。

但這時我卻插了話。

「甜姐……應該是因爲和她男友之間的事情，才影響到工作吧……」以我前幾天聽到的資訊，我只希望格林不要過於苛責甜姐。

「嗯……」格林閉起了眼睛，依舊揮手示意我離去。

我起身後，輕輕關上了格林辦公室的門，心中，有種久違了的喜悅。

三好的文章，筆鋒犀利又充滿情感，總是戳中我的心情，我甚至要求大新收集三好的書給我看，要他在我睡覺前唸三好的文字給我聽。

從五年前出道，三好就一直維持著神祕的色彩。沒有人採訪過他，也沒有在媒體面前曝光過，更沒有辦過什麼公開的簽書會或是活動。

不過三好的書只要一出版，就會進到排行榜前幾名，不需要任何宣傳，他的書就是可以引起非常大的迴響。

我回到座位，面對著這個月要截稿的設計圖，卻絲毫沒有動力往下調整。

斷片的訊號響起——

大新像是坐在我身邊，手拿著三好的書，緩緩唸著。

「不只是因爲，愛妳，所以愛妳；而是爲了讓妳愛我，所以，愛妳……」大新的臉露出不置可否的表情。

「這樣的文字，有意義嗎？我怎麼覺得，只是在玩文字遊戲，根本沒有所謂的情感……」

我笑著。

「你不懂啦，他寫女孩子的心情，眞的寫得很準，別人我不知道，至少我覺得，完全命中我的要害……要害……要害……要害……」

隨著在斷片記憶中，我說話聲音的累格，大新消失在電腦螢幕前。而我依然，面對著要截稿的封面，發呆……

第04話 睡美人

醫院，我正站在醫院大門口。

半年前開始，原本每天都會來的，也忘了是一個月或兩個月前，就變成一個禮拜只來一次了。

走進醫院大廳、按了電梯、經過病房，遇到許多醫護人員，我常常有種不知道爲了什麼而來的感受。

曾經走著走著，經過了大新的病房，才想起，自己過了頭；也曾經走著走著，到了別棟大樓，才發現，自己走錯了方向。

一般去探病的話，可以抱著病人每天逐漸康復的心情去探望，可以分享一些最

近發生的事情，畢竟，病人還是會有反應的。

只不過，植物人，該準備些什麼？

一進醫院，我就會這樣問自己。

星期六下午三點左右，是我後來歸納出最適合我的時間。一來這是週末，我不用在下班後趕來；二來大新的家人也很少在這段時間內探病。

1062號病房前，我躊躇了一下。也許哪一天，我希望推開房門後，病床上的人已經不在了—我眞的這麼想過。

只不過，走進病房後，大新依舊如同睡美人般，高雅地躺著。而我，總會在此刻，厭惡起自己進門前腦中掠過的念頭。

「葉維新」的名牌仍然掛在病床前。即使這個人，再也無法用這名字自我介紹。

然而大新的側臉是好看的。這也讓我想起大學時期，我被他吸引的原因，就是他那高挺的鼻樑。

身爲學生會長的他，在每一年的舞會總是找我開舞，也讓我們的戀情，在學弟妹的口中，增添了幾分傳奇。

看著大新，我不需要記憶斷片，因爲一見到他，腦子裡的回憶底片，就會自動播映起來。

尤其是性愛場景。

我不曾和任何人說過，但我心底知道，我愛死了與大新在床上的時光；我也知道，我愛死了和大新走在東區街頭，那種被衆人注目的快感。

雖然我們爭吵不斷。

大新完全是悶騷型的男人，想做什麼不會明說、想去哪裡不會直講，就連要做愛，他都要暗示個好幾次，才敢在我主動時積極。

我自認是個很女人的女人。單親家庭的我，想要早點有穩定的家，和大新生下自己的小孩，是我認爲人生最美的事情。

只不過，他滿腦子卻只有工作，賺錢。似乎巴不得整天住在辦公室內。

這種男人的本質，我不討厭，只是如果用這個事情當作所有搪塞女朋友的藉口，我就不開心了。

半年前的那天午後，我正和甜姐聊到彼此的男友，甜姐抱怨著她男友的不體貼，我卻在這時接到了大新的電話。

「今天晚上，不過去了……」大新說得平靜，我聽得震驚。因爲，那天可是我三十歲生日。

「我生日耶……」我說。

「明天前要趕出個案子……」

我看著窗外，本來晴朗的天空開始晦暗了起來，雲層低得讓人透不過氣。

「你去趕吧……」我不確定我話有沒有說完就掛斷了電話。

而窗外的天空，像是表面張力再也支撐不住那重量，雨滴如豆子般大小的從天空先後落下。

我和甜姐的對話，也因此而中斷。

我用手指輕輕撫摸著大新的額頭，一路滑下，鼻子、嘴唇、下巴……交往了好幾年，就在感情陷入最膠著的時候，發生了意外。我無法在這時離去，卻也不知道接下來我的人生該如何自處。

「唐小姐，妳來了？」忽然一句話劃破了我和大新間的沉默。

回頭看，身穿白色醫生袍的男人站在門口，記得我見過這人，但一時之間，卻想不起來。

「我是林醫師，之前葉維新送來醫院時，我們見過一面……」他說。

我不置可否地點了點頭。

看林醫師似乎並不打算離去的樣子，讓我產生了想逃離的心情。收拾了我的包包，對林醫師微笑示意後，我走出了病房。

林醫師的眼睛裡，似乎藏著些什麼訊息想讓我解讀，只不過，自從大新睡著以後，我就再也不想如此揣測了。

走出醫院時，總會看到「急診室」三個大字掛在門口。

而我，也總是一再複習了當天趕來醫院的情景。

當天掛完大新的電話後，窗外的雷陣雨大到像是瀑布般，光是聲音就讓人震懾。只不過在兩個小時後的電話裡聽到的事，才更令人害怕。

「小新，快點來醫院，大新出事了……」葉媽媽的聲音依舊熟悉，只不過那因爲慌張而抖動得厲害的聲線，令人不忍。

我撐了傘，絲毫擋不住猛烈的雷陣雨，急忙趕到了急診室。

急診室內除了葉媽媽、葉爸爸之外，還有大新的助理安姬，以及他的老闆維多，每個人的臉色都相當凝重。

外表看來毫髮無傷的大新，俊美地躺在病床。一時之間，我還以爲是他們聯合起來開我玩笑，畢竟當天是我三十歲生日。

「沒有外傷，心跳正常，但失去意識……」

「有可能……成爲植物人……」

「車速太快，雨勢太大……」

「明明還在上班時間，卻跑出公司……」

急診室內很多對白，現在想起來完全兜不到一塊，不知道哪句話是從誰的嘴巴吐出。我只知道記得最清楚的是那句：「那方向好像是要去找小新耶……」。

但是沒有人敢向我求證。

只有我知道那是什麼原因……

而我不敢說……

第 05 話

破滅的氣泡

今早起床後，我在久違的梳妝台前逗留了一會兒。

通常禮拜一上班總是令人難受的，尤其是這半年來我的生活有如死水般的冷靜。

不過今天是特別的。可以和三好見面，對我來說簡直就像是小歌迷見到 T&D 中的偷米一般。（註：T&D 是當代當紅的樂團，其中主唱 Tommy 俗稱偷米。）

擦上口紅後，我抿了抿唇，對著鏡子做出自己都不常看到的笑容。

我想今天會是我生活中，某種意義上的分水嶺吧。

搭了三十分鐘的車來到出版社後，卻發現粽子竟然還沒有到公司。

索性撥了通電話給他。

「粽子，在哪裡啊？」我不想讓他知道我多重視今天，因此我是壓著情緒說話。

「在哪裡？我現在要去三好家呀？我們不是說好直接約在大師家，然後再一起進去嗎？」粽子手機中的環境音聽起來像是在計程車上。

我有如迎頭挨了一棍。

果然斷片的我，沒有掌握到全部的資訊。

「……對呀，我也快到了，那就樓下見……」我匆忙掛上電話，對自己做了個鬼臉，趕緊跑出公司招了計程車。

還好公司離大師家不遠。

只不過車上的音樂卻讓我的思緒又飄遠了。

電台正播放著 T&D 的歌曲，那首我和大新稱爲定情的歌曲。

那是某一年畢業舞會他邀我跳完開場舞後，我們在一旁看著大家跳舞。那時候我們兩個，正處在最美的曖昧期中。

「小新，現在大家都叫我們雙星奇緣了，怎麼辦？」大新略帶挑逗地問著我。

當時的我則是陶醉在抒情曲目中，看著同學們成雙成對跳著貼身慢舞，我腦中只充滿了浪漫的思維。

「怎麼辦……那就……在一起呀……」我說得慵懶，大新聽完也不驚訝，一副要上前抱住我的態勢。

「不過……這樣太不浪漫……」但，我還有後文。

大新原本要伸出的手，被我的話硬生生打回。

「……要怎樣……才算浪漫？」大新說。

我的眼神一直都沒有離開過舞池中的同學們，幽幽地回應著大新：

「如果……下一首是T&D的歌，我們……就在一起。」我說。

其實，當初並沒有想太多，也只是想要逗逗他。

很快地，計程車到了目的地，我下了車。

這時候手機卻響起，我看了來電者，是粽子。

「小新，妳不用來了，這邊很混亂……」粽子的聲音聽起來有點慌張。

已經抵達的我往大師家的大樓看去，發現樓下停了救護車和數名警察。

「什麼意思？我已經到了呀……」

「剛才大師被送下去，上了救護車了，我們慢了一步……」粽子說。

對話過程中，我的確看到了從大樓裡扛著擔架出來的救護人員，上面是一個被蓋了白布的人體。

「……說清楚……」我的腦子嗡嗡作響。

是的，大師自殺了。就在粽子趕到之前，一代文學小說家—三好，在自己的家中，用電線上吊了。

恍惚中，我和粽子會合了。不知道粽子說了些什麼，然後我跟著他一起回到了辦公室，向格林報告此事。我沒有看到甜姐。

我只覺得，三好家樓下的救護車和半年前去過的急診室，好像是同一家公司出產的東西，好容易聯想在一起。

整個下午我坐在電腦螢幕前面，半句話都沒說。

看著格林離開辦公室、又進了辦公室；離開、又進入。

忽然感覺，腦海中有個王家衛在幫我看到的景象導戲。時而抽離、時而藍光、時而搖鏡、時而拉遠。

一直到下班前幾分鐘，粽子的一句話將我稍微拉回了現實。

「晚上要去喝酒嗎？」本月粽子約我的次數，已經逼得我要使用兩隻手才能數得清了。

而我點了頭。

接下來就是一連串更無法對焦的記憶了。本來就常出現幻覺，以及回憶畫面的我，在燈紅酒綠的夜店中，更搞不清楚何謂現實與虛幻。

粽子點的酒我一杯一杯喝，我與他之間的距離，也一寸一寸縮短。在夜店講話最清楚的方法，似乎是要把舌頭塞進耳朵裡才能夠讓聲音檔傳輸。

我看著酒杯裡加入的微量氣泡，一顆顆緩緩浮上表面，再一顆顆，破滅。

三好的死，於現實中，實在與我關係不大；在精神層面上，卻無異是一根小火柴，點燃了我累積半年的心痛。

在這場火事中，我什麼都不想再堅持了……

當我發現耳朵旁的聲音都消失的時候，我看見了櫃檯。我的臉緊貼著粽子、我的手勾著粽子的肩膀。

接下來是粽子開門的動作，然後我被平放在一張帶點消毒水味道的床上。

四周變得，很安靜。

沒多久，我在床上，可以清楚聽到淋浴的水聲，這聲音提醒了我什麼，但我無法移動。

也許是因為床太舒服了……

圍著浴巾的粽子上了床，幫我蓋了棉被，我的眼睛張得很大，直直地看著他。

「你是誰？」我說得慵懶。

粽子並不回應，用他的手，一把將我摟進他的胸前。

而我，也不打算反抗……

心想，今天果眞是我生活中，某種意義上的分水嶺……

第06話

高潮

嘴裡，充滿了濕滑的口感。

要形容的話，我不會說那叫做接吻，比較像是某些物體試圖填滿我心中空虛般地往裡竄，塞滿了我的口腔。

粽子的一手游移到我的背部，伸進了我今天本來打算穿給三好看的襯衫中。而他的舌頭，一路從嘴唇移動到我的頸部，再慢慢下滑至我的胸前。

和粽子身體交纏的同時，關於大新的回憶，並沒有在腦中停止播放。

大新總是喜歡親著我的胸部，一邊說著。

「我眞幸福……小新的胸部……太美了……」然後一邊用手指與舌頭，交相挑逗我敏感的兩個突起。

粽子整個嘴巴含住了我的乳頭，輕微地吸吮著。

粽子並不說話。他很認眞想取悅我，很專注地，探索著。

另一方面大新在我腦中的回憶，也沒有歇手。

大新在褪下我內褲之前，一定會一邊隔著棉質物調戲我，一邊說著。

「……這裡？這樣好嗎……」大新會不停觀察我的表情，再決定他移動的幅度。

粽子在取悅我的上圍時，另一隻手也已經將我身上其餘衣物脫下。一路前進，毫無迂迴。他的舌頭就像是緊黏在我的皮膚上一般，從嘴唇到陰唇，以最短距離，片刻沒有分開。

這種親密經驗，離上一次大概也快要一年了，但，我卻直覺我的好多感覺消失了。

粽子沒有試圖親吻我的背部，即使那感覺是在與大新做愛時，我最愛的一部分；而我膝關節以下的地方，他更是視若無睹，而那明明是大新的最愛。

在記憶中同步與大新做著愛的我，也許就是因爲這些微小的差異，讓我分神了。導至於再回到現實的我，並不願意觸碰眼前這個男人，這讓這整個過程變得有點不順暢。

粽子注意到後，緊緊拉住我的手，試圖接近他的下體，只不過，我在這時縮手了。

興頭上的粽子並沒有因此而洩氣，他站起來，將自己的長褲脫下。

「你不是大新……」我在這時冒出的一句話，讓粽子的動作稍作停止。

「……一直都不是……不需要在這個時候看身分證吧！」粽子的口氣有點急迫。

「你不是大新……」我重複著。

粽子愣了一下，繼續他接下來的動作，脫掉了遮蔽物後，粽子抓住我的雙腿，打算用行動代替對談。

這時我開始用力地踹著，一下子甩開了他的雙手，甚至還有一、兩腳踢在他的胸口上。

「我說了!你不是大新！」我吼著。

粽子被我踢得跌坐在床下，眼睛直直地看著我，空氣中充滿了喘息。

之後粽子站了起來，將剛才脫下的衣物，一件件穿在身上。然後拿起他自己的背包，朝房門走去。

「我還活著、還會講話，當然不是大新！」甩門前，粽子撂下的這句話，似乎像是加了效果器般，迴盪在這間房內。

我看著自己半裸的身子，雙手抓著自己的臉，全身抽動般地抖了起來。

「寶貝，只有我能給妳……高潮！」大新得意地躺在床的另一邊，親吻著我的額頭說著，這是每一次結束時大新的必備台詞。

然而在這房間內，我得到了前所未有的高潮——一種思念與痛苦混合而達到極點的高潮——我忘不了大新，也接受不了別人。我回想自己半年來的生活，有如得了痲瘋病的人，將自己的心關在囚牢中，不敢走出半步，卻對囚牢外的風吹草動，一一反應過度。

趴在床上的我，哭了不知道多久。心中某個荒謬的念頭，在這個節骨眼，好像黏土般成了形。我稍微穿好了衣服後，走進了浴室，看著自己哭紅的雙眼。

「傻女孩，哭什麼呀？我只是遲到一下子，沒事啦。」大新總是這樣說。

「可是你真的騎很快！每次……和你約會，如果十分鐘內沒看到你出現，我就好擔心……」我邊哭邊說。

大新摸了摸我的頭。

「我是超人，不會有事的！地球有難時，超人一定在身旁！」大新笑著說。

我被他逗笑了。

「那如果……哪一天超人不行了……地球怎辦？」我邊擦著眼淚邊說。

不過，大新的答案，我一時想不起來。

然而現在眼前看得到的，只有一個面臨世界末日的人類，哭紅著雙眼、看著鏡中無力的自己。

我記得客廳裡面有玻璃材質的菸灰缸，而我知道，我可以怎麼做。

把浴室門關緊、上鎖，應該可以減低不少音量。也許晚上喝的酒精還殘存在血液裡，竟讓我覺得這些動作做起來，難度好低。

拿起菸灰缸、砸破鏡子、從滿地的玻璃中拿起碎片，往皮膚上最明顯的青色線條劃下。

其實還是有點痛的，只不過隨後，我就看到整片紅，通常這種旅館的浴室內都是整片白，不過現在，被我染色了。

「哪一天超人不行了，很簡單，地球就滅亡了！」我說。

「超人不會不行，所以地球不會滅亡！」大新語氣堅定。

「就算超人不會不行，地球也有可能滅亡吧？」我說。

「……總之，如果地球滅亡的話，一定不是超人不行的緣故。」大新很堅定。

浴室裡的浴缸上、浴袍上、浴巾上，全部都紅了，鮮紅。

我靜靜地躺在浴缸裡面，看著天花板上的燈，讓自己手上的顏色向外流動擴散著。

「大新，地球……毀滅了……」

第07話

俯瞰

浴室裡的燈，似乎是我閉上眼前最後的景象。

只不過當我再度睜開眼睛時，有好多張不認識的臉孔，個個表情扭曲，看得我嘴角都笑了。然後，我好像，看到了粽子，他帶著異常慌張的神色……

畫面，時有時無。我一直都是用從下往上看的仰角，去擷取這些景色……包括醫生、包括格林、包括我媽……

應該是我一直躺著的緣故吧……

我心裡想著：「可以換個角度看大家嗎？像是上次參觀過的電視台作業，『導播，可以Take二號機嗎？而不是一直都是一號機從下往上拍……』」

不知道是哪個導播，實現了我的願望。在某一次的眨眼瞬間後，我發現，我看到了母親的頭頂、格林的頭頂、粽子的頭頂……

沒辦法描述那是在哪一個時間點出現的變化，我看著大家的角度，已經從仰望轉變成俯瞰……

畫面持續不間斷……

我看著急診室內的人亂成一團，粽子雙手掩面蹲坐在一旁，而母親緊緊握住了我的手，格林則是在外面打著電話……

我從天花板的位置俯瞰著急診室裡的一切—包括看到了躺在病床上的自己。

如果這一切不是我自己親身經歷的話，我真難以想像，而我的腦子立刻浮現了「靈魂出竅」四個字。

也不是沒看過這樣的記載，因此我想我現在的情況應該是處於生命快要結束，靈魂已經脫離軀殼的階段。

一旦我的呼吸停止，我應該，就回不去了。

母親急迫地拉著醫生的手，時而回過頭懇求護士，臉上充滿淚水。我不能說我沒有感覺，但是我真的沒有想到，我的行爲會引起這麼大的後果。醫生比手畫腳向母親解說著。沒多久，一群醫生護士推著我的身體，進到了手術室，而我依舊在天花板的地方，晾著。

格林講完電話後回到了急診室，看著母親與畏縮在角落的粽子。和母親講了沒多久的話以後，我看見格林抓起了粽子的領口，大聲斥責著。

而自從大新睡著了之後，我第一次感覺，我的存在還有這麼多人在意。粽子哭著，不停向母親賠不是，而她也只能不停哭著，說不出半句話來。漸漸地，看著他們的景象越來越遠，似乎我的身子被拉往某個方向。

我想，是時候到了。

隨著畫面的模糊，我的意識，也越來越不清楚，越來越……

當我感受到些微足以撐起眼皮的力量時，卻看不清眼前的事物。心電圖的聲音、幫浦的聲音，反而是第一批進入我意識裡的資訊。然後我的眼珠可以微微轉動，我能判斷，我躺在一間病房裡面，而且有許多儀器。我的手臂上插滿了針，連接在針後的是一瓶又一瓶的點滴。

等到我漸漸有知覺後，發現，母親正躺在離病床不遠的沙發上。

而，我的意識，此時又再度消逝……

這天醒來後，我已經可以說話了。

「媽……妳……怎麼來了？」我看到母親正在一旁翻著八卦周刊。

「妳終於醒了，我去叫醫生！」母親連忙跑出了病房，沒多久，就帶著幾個醫生、護士一同進房。

醫生例行性看了看我的數據之後，問了幾個感官上的問題，便離去了。

看起來，我沒死成……

而，母親，並沒有多說什麼……

「是誰……救了我……」我心中的疑惑。

「妳同事，那個叫做粽子的。」母親開始削起了水果。

「……他又回頭？」我問。

「他說那天晚上，他正在公司加班，然後接到妳的電話，妳要他到旅館房間找妳，但是他拒絕了，後來他覺得妳口氣不太對勁，於是還是過去了……沒想到就看到妳……」

老實說，對於粽子的說詞，我沒什麼感覺。

「眞的是這樣嗎？」母親追問。

我撇過頭去，並不打算理會。

母親繼續削著水果，我背對著她，卻像是想到什麼似地開口詢問。

「媽……妳頭頂的白頭髮，多了不少……」

母親削水果的動作沒有停止。

「妳這樣也看得到？從我來到現在，妳都是躺著的……」母親說。

我回想著，我是在何時看到了母親的白頭髮，而那段離開了自己身體的感覺，忽然又出現，我嚇得起了雞皮疙瘩。

那是一種奇妙的感受，只不過我不想說給母親聽，畢竟聽起來，那感覺離死亡不遠，而我已經見過她爲了我難過緊張的樣子，我不想再看一次。

對於靈魂可以離開身體一事，像是給了我某種不同的契機，我似乎覺得這事情可以解決這半年生活上一直無法平復的問題，但我一時之間，很難說出個所以然。

只不過，畢竟沒死成，大新似乎又在腦海中站了出來。

「妳看，我說過了！不管地球人自己怎麼樣自殘、怎麼樣虐待地球，只要超人還在，地球就不會滅亡！」大新說。

「也可以反推回去，只要地球沒滅亡，就代表，超人還在努力中！」大新說。

我真的沒死成……所以說……大新……你還在某個地方，努力著嗎？

第08話 納命來

躺了三、四天後，我感覺，自己的身體，已經漸漸恢復了。

其實從第一天進到醫院，我就察覺了——這家醫院，就是大新待了半年的地方。

這天午後，我試著自己走出病房，從這一棟大樓，找到了那一棟大樓。對於找尋大新病房這件事，我並不陌生。

１０６２號病房門前，我佇立了幾秒。從門口看進去，大新依舊睡得很熟，側臉依然迷人。

然而在經歷過這樣的事情後，再見到大新沉睡的臉，那感覺卻像是我受了委曲，而他卻渾然不知。

我慢慢走近病床，看著我倆身上穿著同樣的病服，心裡面又奇妙地覺得自己和大新的距離拉近了些……

「大新……我們穿情侶裝耶……」我撫摸著他的臉頰，卻在自己說完話後，哽咽起來。這種獨自一人的對話，我真的厭倦了。

我趴在大新的身上，眼淚，開始狂奔。

「……嗚……嗚……大新……我好想你……我想去找你……」就這麼重複著、重複著，好像這幾句話，可以有種魔力，讓我直接飛到大新所在的地方。

午後的陽光灑在房內，我的臉色，肯定看起來更加蒼白。不知道哭了多久，我赫然發現門口站著一個人。

我連忙擦乾自己的眼淚，整理了一下頭髮。

「唐小姐，我是林醫師，記得嗎？」我看著他。在陽光下，林醫師看起來就像是一般的醫生，穿著白袍，戴著一副眼鏡。

「……記得。」我說。

林醫師微笑著，眼裡閃爍著和上次看到他時，相同的異樣光芒。

「你要做例行檢查了對嗎？我先走了……」我趕緊從病床上起身，畢竟剛才被看到自己哭泣的樣子，不是什麼光榮的事情。

就當我走到病房門前，林醫師叫住了我。

「唐小姐！」

我停下了腳步，並沒有回頭。

「唐小姐，我有辦法可以讓妳見到葉維新先生，甚至，有可能讓他康復……」林醫師說。

這時，我回頭了。

「……什麼意思？」我問。

林醫師扶了一下眼鏡：「植物人對醫生而言，通常只能等待奇蹟，那是因爲物理上病人的身體一切正常，可以啓動身體的機制，卻無法運作……」林醫師稍微走近了我。

「我們俗稱這是靈魂出竅……但是靈魂去了哪裡，沒有人知道。他的靈魂在車禍過後，是否依舊正常運作，也沒有人知道……」

我站在門口，聽著林醫師的說詞。

「因此……如果今天有個方法，可以讓某個人的靈魂出竅，就有可能用兩股相同頻率的能量，互相搜尋。講白一點，就是說可以在靈魂出竅後，去尋找另外一個靈魂，如此一來，葉先生的情況，就有可能復原……」

我聽得有點傻了。

「你……和我說這些……有什麼意義嗎？」我心裡雖有答案，卻還是開口問了。

「……這是我研究的範疇，而我認爲，依我現在的技術已經可以讓人類靈魂出竅了……」林醫師略帶點驕傲地說。

「你是說……」

「對……如果唐小姐願意的話，我可以讓妳的靈魂出竅，然後在另外一個空間，去尋找葉先生！」

雖然和我想得差不多，但是林醫師說完之後，我還是渾身起了一陣涼意。

「……這不就等於……殺人？」我說。

「這項技術的確沒有得到法律認可，但是不管怎麼說，都是我研發出的特別成就，而現在妳也很想嘗試，不是嗎？」

我看著林醫師，忽然想起了自殺當天我飄在天花板上的感覺，那的確就是他所說的情況，然而回想起來，卻讓人害怕。畢竟，距離死亡也不過是相隔幾步的事情而已……

「……對不起……我不需要。」我打算離開病房。

在我走出去的同時，聽到林醫師的聲音，持續說著。

「唐小姐，這種機會一輩子碰不到幾次，我看過妳的病歷。既然不想自己一個人活在這個次元，何不試試看到另外一個次元尋找妳的人生？其實，靈魂出竅並不可怕，以世間的認知而言，就好像……做愛之前要先脫掉衣服，現在妳只不過是先將身體脫掉，再去尋找眞愛罷了。」

林醫師講到最後幾句話時，我已經走出病房到達護士站了。

我心裡很害怕。

我知道我害怕的是什麼。我怕的是，我眞的認爲他說的很有道理，差一點在第一時間，就點頭答應了。

但是我曾經在那種情況下，看著我母親。曾經歷過一次，就知道死亡或是瀕臨死亡，絕對不是一件可以開玩笑的事情。

更何況，林醫師說的技術，根本沒有經過證實。

「別傻了！有必要眞的爲了大新冒這種生命危險嗎？」我問著自己。

大新的臉又在我身邊出現了。

記得那是某天夜裡，我們看著流星雨時的對話。

「小新，我認眞跟妳說唷。如果是爲了妳的話，不管怎麼樣，就算是豁出性命……我都願意！」大新說得好認眞……

走進電梯，雙腳無力癱坐在地上。

「我也是……」記得，我是這樣回覆大新的……

第09話

也算植物人

住了將近一個禮拜的醫院，我的身體漸漸恢復到可以正常走路的程度了。

母親幫我收拾東西，我看著病房內的一切，心裡卻不斷浮現林醫師的臉。

「小新，走吧！」母親領著我走出醫院之後，將行李交給了我。

「小新，媽媽不和妳回去了，我直接回家。」因爲工作的關係我們母女分開住，對於單親的我而言，其實有點捨不得她。

母親微笑看著我，那感覺就像是我沒有發生過這件事一般。

看著她的背影，我的鼻頭有點酸。

「媽！」我叫了出來，而她緩緩回頭。

「……媽，爸走了之後，妳覺得自己活得開心嗎？」在大新睡著之後，我一直找不到相同情況的人可以談心，而今天，我終於問了母親這問題。

「……怎麼會開心呢？要不是有妳……」母親依舊微笑著，轉身離去。而我，心中百感交集。

「唐小姐，這種機會一輩子碰不到幾次，我看過妳的病歷。既然自己一個人不想活在這個次元，何不試試看到另外一個次元尋找妳的人生？其實，靈魂出竅並不可怕，以世間的認知而言，就好像……做愛之前要先脫掉衣服，現在妳只不過是先將身體脫掉，再去尋找眞愛罷了。」

林醫師的話，很長一段，但，我記得很清楚……

現在的母親之於我，已經比不上當年我之於母親那麼地重要、那麼地有影響力了。我常常在想，就像是看著大新一般，他就是個植物人，就是個長期不會清醒的人；而別人看我，也像是個植物人一樣，因爲我早就已經失去了生活的意義，以及七情六慾了……

如果說我今天眞的嘗試藉由靈魂出竅去尋找大新，最差的結果就是我和他一樣，成爲了植物人。那麼，我也許反而覺得，離他又更近了些……如果說我眞的死了，或許也是另外一種解脫……

我知道自己潛意識中，在聽完林醫師的話以後，似乎已經做了決定。

下午六點多，我帶著住院的行李並沒有直接回家，反而走到了公司。粽子的座位是空的，還好，我並不想造成任何人的困擾。只是忽然有了一種，要去遠方旅行前，想要先到熟悉的地方再看一眼的念頭。

這時候，甜姐從廁所裡走了出來。

我說不出那是什麼感覺，這是自從我住院後，第一次見到甜姐，卻覺得她身上有某些東西，變了……

「小新，妳出院了！」甜姐看來很熱情，但我竟感受不到半點感情，因為我知道這幾天，堪稱是好朋友的她，並沒有來醫院看過我。

「對呀……」我看了一下時鐘，已經快七點了。

「這麼晚了，妳還不走嗎？」我問。

「……要了……就快了……」甜姐邊說邊轉身回到自己的座位，面對螢幕。

我雖然感到奇怪，但是畢竟不想再敏感的我，打開了電腦，開始瀏覽起自己的檔案以及這禮拜的信件等。

時間從七點、一直到了八點，從八點、一直到了九點。

兩人之間，一句話都沒有。

對於這半年來不太說話的我而言，這不是什麼怪事情，但是對於兩個已經坐在隔壁數年的同事來講，這情況，算是第一次發生。

我意識到了現在的時間，也察覺到甜姐還沒有打算離去的念頭。

「……甜姐……妳不走嗎？」

甜姐恍然大悟般地看著我，再看了下時鐘。

「對喔，都十一點了！沒關係，我還有事情，妳先走，妳先走。」那一瞬間，我似乎有種錯覺，感覺甜姐，正陷入了斷片的記憶中，那反應和我之前幾乎是一模一樣。

我關了電腦，起身打算離開時，忽然想起了我走到公司來的目的。

「甜姐……」

「嗯？怎麼啦？」甜姐看著我，臉上露出看似很僵硬的笑容。

「……我……可能要離開這邊一陣子……」

「妳要離職？」甜姐這時候才比較像是進入狀況。

「……也不算，可能……去旅行吧……」

「去多久啊？」

我看著甜姐，這位算是我在這個時間點，最重要的朋友之一，於是我走近並且抱住了她。

「……小新，怎麼了？」甜姐這時候的聲音反而很溫柔。

「……沒什麼，很感謝妳對我的照顧，我……很快就會回來！」其實我自己都不知道會多久……

「……」甜姐反而用力地緊緊抱住我，沒有多說什麼。

「……小新的擁抱，好熟悉喔。」甜姐忽然冒出這句話。

我緩緩地，將身體與甜姐分開，笑著。

「甜姐，我先走了，妳自己小心唷！」

「嗯！」甜姐點點頭。

我拿起行李要走出辦公室的時候，從大門的玻璃反射上看見了甜姐的背影，以及她電腦的螢幕。

螢幕是黑的。

我心頭一驚。心想難不成從我進辦公室到現在，她一直都是面對著那漆黑的螢幕發呆，卻推說她在忙？

看著甜姐，我忽然有種陌生的感受，也許每個人，都像是個植物人般，沒有知覺地活在現實生活中，但都不自知。

慢慢走離了公司之後，我的腳步，很自然地走向了另外一個熟悉的地方。

半夜十二點，我在格林家門口。

我想，我有必要和這位疼愛我的長輩，說聲再見。

第10話 感情這檔事

我看著格林家的別墅，在門口猶豫著是否要在這麼晚的時間按下門鈴。

就當我下定決心準備伸出手的時候，格林家的大門忽然開了，格林從屋內走了出來。

「格林！」我叫了聲，但是格林就像是沒有意料到門外有人似的，被我的叫聲嚇得差點沒站穩。

「……是妳呀，小新！妳出院了！」格林驚魂甫定地說著。

「嗯……」

「這麼晚來找我，有什麼事嗎？」格林這時算是恢復了平靜。

「也沒什麼大不了的事情……格林，你要出門嗎？」

「……哦，只是想散散步。」格林帶著點靦腆，他可能也覺得半夜出門讓人家撞見，有點奇怪吧。

「幸兒姐，睡了？」我問。

「嗯……難得來了，陪我散散步吧！」格林半推著我，往別墅右方走去。

一路上，兩人都沉默著。我本來以爲在經過了那件事情之後，格林會有很多長輩的教誨要告訴我，沒想到他自己也是一副心事重重的樣子。我估計，應該是三好死後，出版社沒有一個有力的招牌作家而困擾著他吧。

當我們走到一排楓樹下時，格林開口了。

「小新，這半年來，辛苦妳了……」格林的聲音，溫暖地像是我死去的父親。

我的眼淚，就在這麼一句話之後，潰堤。

「……我……」我試著想說話，卻拼湊不完整。

格林摸了摸鼻子，幽幽地說：「感情這種事情，的確會害死人……有時候就算眞的有人死了，感情卻也不會因此就斷……」

格林像是發現自己說錯話了，趕緊補充。

「對不起，我不是那個意思……大新……還有機會的……」格林顯得非常尷尬，但事實上，對於這種話題，我其實並不在意，因爲大新，的確和死了無異。

「……沒關係，我知道你不是那個意思……」我擦乾了眼淚。

「這麼晚了，妳跑來找我，應該是有什麼特別的事情吧？」格林問。

「嗯……老闆……我想請假……」

「好呀！」格林二話不說。

「……你不問我要請多久嗎？」我有點驚訝。

「這事情，看妳自己吧。妳早就應該請假了，就算要留職停薪，我都能夠接受……」

我看著格林，心中非常感激他對我的寬容。

「老闆，謝謝你……」

「客氣啥！不過，如果是去比較遠的地方旅行的話，記得幫我帶點伴手禮回來喔！」格林笑著說。

我皺著眉頭，一想到要去的地方，我都不知道是否可以回來了，更何況要帶什麼伴手禮呢……

「我說笑啦！平安地去、平安回來就好。」格林看我面有難色，趕緊補充。

我點點頭，微笑著。

半夜的風很涼爽，也許是因爲這個長輩對我如此包容，讓我的心情有了很大轉變。

「老闆，你和幸兒姐是怎麼決定要共度終生的呀？」基本上，格林和幸兒算是我心目中的理想原型。

「嗯……看對眼了呀！」格林看著遠方，像是回憶過去般地說著。

「多說點……可以嗎？」也許這是最後可以聽到格林說話的機會了。

「……頻率對了……當兩個人頻率對了的時候，會很容易遇見彼此、會很容易看到對方。就好像……街道上有很多不同的人，但是，我們的第一眼就是會看到彼此！」我聽得很感興趣。

「是指……對方的外型很亮眼，是彼此喜歡的類型嗎？」我問。

「應該說，不只如此……」格林的手比劃了起來。

「不是外表的問題……雖然年輕的時候幸兒確實很漂亮，但……不是那種吸引力，而是心靈。好像……靈魂和靈魂之間的吸引力……」格林講到這一段時，他幾乎整個人的身體都在表演著。

「愛情就好像，一直在尋找一個很想聽的電台，有時候聽到沙沙的音樂、有時候聽到刺耳的聲音，轉來轉去，總是調整不到最適合的頻率。但是，當她出現的時候，你們的頻率會在瞬間完全吻合。音質是那麼清晰，內容是如此吸引你！」

我聽得有點傻了。

「當我發現這種感覺時……我就知道，這是我要的！」格林稍微冷靜下來，轉過頭，看著我。

「妳知道我意思吧？」

我點點頭，腦中想得盡是大新。

「有時候……節目本身不難聽，但就不是妳要的，或是妳一直調不到最精準的頻率，就像……粽子……」格林微微地笑。

「你知道？」我又驚訝了。

「我年輕過……也了解你們兩個。不過，那只是個妳不喜歡聽的節目，不代表什麼……」

我若有所思地點了點頭：「那……一個人一輩子裡，只會有一個喜好的節目嗎？」

「……不一定……這就看個人定義了……不過我相信，節目多的是，哈哈！」

格林自己笑了起來。

這時候格林雙手環抱胸前，看著我說道：

「走吧……風大了點該回去了。妳放心去旅行吧！等妳回來後，再和我聊聊所見所聞吧……」格林拍拍我。

「對了，記得多拍點照片回來。」

最後格林這幾句話令我啞口無言，那地方會是怎樣？我是否還能否回得來？都不是我能夠掌控的事情。

我在心裡默默說了聲：「謝謝，我最愛的老闆！」

我知道，這趟旅行之後，一切都會改變……

當我們走到大門口時，我聽見了畢伯在門內的非常淒厲的叫聲。

「我先進去了，也不知道畢伯怎麼了……」格林說。

「嗯……」我點著頭。

看著格林走進家門，正打算轉身離開時，我發現格林家外面站著一個短頭髮的女孩子，她似乎也是出來散步的。

短髮女孩看著我，我也看著她。

不知怎地，她給我一種很舒服的感覺，我不自覺得對她微笑點了點頭。她看起來有點驚訝，像是在說我怎麼會對她點頭的樣子。不過隨後，她也回應我一個微笑，然後我們兩個擦身而過……

嚴格說起來，這算是我與她的第一次見面……

第11話 啟程

出院後的隔天下午，我已經出現在林醫師的研究室內。

那是在某個住家的地下室，裡面裝設了各種器材以及現代配備。林醫師對我的到訪，似乎並不驚訝，只是淡淡問了一句。

「決定了？」

我則是眼神肯定地點著頭。

看著林醫師室內的各種器材，我點驚訝地脫口而出。

「這些都是你自己買的喔？當醫生還真不賴……」

林醫師忙著檢測那看起來像是耳機的機器，然後不停來回穿梭在電腦與設備之

間，觀看數字的變化。

「……有人在背後贊助……」匆忙的林醫師含糊地回應。

我看著約有五十坪的地下室，思索著昨天晚上沒與母親告別，不知道是好還是不好。

「好！請妳過來這邊……」我的思緒冷不防被林醫師打斷。

「唐小姐，以防萬一，麻煩妳簽下這張切結書，以便證明這一切都是妳自願的，就算因此失去生命、無法回來，也與我無關。」

聽起來雖然很無情，但我知道，這是必要的程序，否則要是我眞的回不來了，光是母親殺過來，可能林醫師也得要陪葬了。

「好！」我簽了名。

「唐小姐，現在請妳先躺在這張床上……」林醫師接過了切結書後，很快地啓動了剛才那個類似耳機的機器，然後讓我躺在那張很專業的床上。

「接下來的事情，我會大概的和妳說明，並且讓妳知道，目前爲止，我們對於那個世界的研究，有了多少的了解……」

我點點頭，隨後便躺了下去。

林醫師將耳機套在了我的頭上，蓋住了我的耳朵，感覺非常緊密，我幾乎都聽不到林醫師的聲音。沒想到這時候他拿出了小型麥克風，對著麥克風說了：

「聽得見嗎？」基本上，我只看見了林醫師的嘴巴在動，只能推測他說的話。

我搖頭。林醫師接著在電腦上，調整著數據。

「這樣聽得見嗎？」這一次聽起來有聲音了，只是似乎有點沙沙的干擾聲，就像是在聽廣播節目調頻時的聲音。

「有點不清楚……」我說。林醫師接著回過頭，再度調整頻率。忽然，聲音變得非常清楚，我大喊：

「清楚了！清楚了！」

我看著林醫師，他露出了滿意的笑容，開始對著麥克風說話。

「唐小姐，妳聽清楚我以下的話，現在利用這個麥克風和耳機，並不是透過妳的耳朵接收聲音來對談的，而是直接與妳的靈魂對話。我跟妳說過，靈魂是一種能量、是一種電波，因此每個人的靈魂電波頻率不同。我透過這個機器，常常可以接受到來自異次元的聲音，但是因爲無法對談，所以並沒有辦法有效地溝通，可是像現在妳可以直接告訴我哪個頻率是清楚的，這就能讓我直接透過機器和妳的靈魂電波溝通。只不過，每個人的電波頻率並不會一直固定，因此有時候會不清楚，或是失去聯絡。如果我的理論正確，當妳脫離身體後，應該還是可以聽到我說話的聲音……如果聽不見就表示，妳的頻率又變了……」我聽得一頭霧水。

林醫師看著我的表情，繼續說著。

「再講簡單一點，人的靈魂頻率時常會隨著磁場而變化。也因此有人說，當某個人倒楣的時候，會容易看到鬼，這就是我剛才說的，當妳與另一個靈魂的頻率接近時，就很容易看到對方，也就是俗稱的撞鬼。」

我大概，有點懂了。

「這中間當然還是有很多難以解釋的地方，只不過，這個大方向的基本理論，妳只要懂了，應該就能比較容易瞭解妳要去的那個次元。」

只不過聽著聽著，我也有了些疑問。

「林醫師，這麼說來，你的意思是如果我脫離身體之後，也不一定會看到很多靈魂……？」

「沒錯，理論上只有頻率和妳相近的靈魂，妳才會容易看得到。照理說，頻率越近，妳看到的影像應該會越清楚……」

我聽著聽著，有點擔心了。

「……那麼，也就是說……我有可能看不到大新的靈魂？」畢竟這是我這趟最主要的目的，可不能白白去一趟呀。

「對！我說過，這不是百分百的機率，只不過，因爲你們是戀人、是相愛著的人，你們的記憶、愛好，足以影響讓你們的頻率一致，就像是兩個緣份足夠的人才會在一起。而什麼是緣分？就是你們會在相同的時間做類似的事情、想差不多的事情、喜歡相近的東西。而在人群中，因爲靈魂頻率接近的關係，讓你們格外容易看得到彼此。」

這話聽來眞熟悉。

我想起昨晚格林說了幾乎相同的話，而這兩番大同小異的理論，無疑地增加了我對這趟旅程的信心。

「嗯……我了解了。」我說。

林醫師在這個時候，拿出了針筒。

「接下來，我會幫妳打麻醉針，然後利用妳頭上戴的機器，讓妳的靈魂離開身體，呈現假死的狀態。」林醫師邊說邊拿著針筒靠近我。

「所謂的假死狀態，是因爲妳的靈魂沒有回來，如果最後妳的靈魂一直都無法歸位，那就是眞的死亡了。」

說話的同時，林醫師已經將針筒插進了我的血管中，將麻醉劑一毫克一毫克推進了我的身體。

「妳離開後，我不會再用耳機跟妳溝通，除非妳的身體有急迫性的變化，我才會叫妳趕緊回來。」

我看著林醫師的嘴巴繼續開闔著，但是我的意識，卻像是沉入了高密度的深海中，一路往下墜、往下墜……沒有任何阻礙……

我知道，我很快就可以再見到大新，這是我唯一的想法……

第12話

電波人

睜開眼睛。

我沒有所謂醒來的感覺，就像是一瞬之間，我就已經在另外一個地方了；而我也沒有躺著的感覺，因爲一直就像是，沉浮於空間之中。

我還是看得到自己的手、看得到自己的身體，只不過，就像上次晾在天花板的經驗一般，有種飄浮感。

比較特別的是，就在這一瞬間，我所處的環境改變了，不是林醫師的地下研究室，而是我很熟悉的地方。

這是大新的房間。

我本來以爲我會直接脫離身體，然後像電影般，緩緩地從身體裡抽離，沒想到才一轉眼，我的靈魂已經來到了距離身體好遠的地方。

我在空中踩著腳，身子卻無法動彈。

如果有人看得到我的話，應該會覺得我現在正站在大新的床上—那張我們曾經纏綿過許多夜晚的床。

只不過正確地說，我其實是浮在床上方的，腳也踏不到床，而我即使用力地踏步，卻因爲沒有可以施力的著力點，導致根本無法前進。

這感覺很糗。

似乎，我脫離身體之後，就要永遠困在這張床的上方了。

我想到了一個名詞—地縛靈。聽說自殺的鬼魂就是會這樣一直處在同一個地方。

因爲無法行動，我的視線便開始環顧起四周。這個房間，在大新住院後，一直都沒有人住了，看來他的爸媽把房間整理得很乾淨。

忽然，我發現在大新的書桌上放著一封信。

署名的位置卻因爲角度問題，看得不太清楚。自從大新沉睡後，照理說他無法寫信，也應該沒有人會寫信給他才是。

直覺告訴我，那封信，是大新出事當天寫的。而對象沒有別人，就是我。

我急著想要走上前去看那封信，雙腳卻只是在空中空轉個不停，我想像自己就像是卡通人物一樣，總是在奔跑前將腳抬得老高，然後使勁地在空中踏了數圈後，便如噴射機般飛出。

只不過，我卻還是只能在原地打轉。

這下子我眞的有點急了，如果一直都是這樣也不是辦法。

我試著用雙手做出划水的動作，從胸前往兩方劃出，但我這虛擬的身體，卻還是在半空中動也不動。

我再試著手腳並用，卻還是徒勞無功。

雖然我想因爲不是肉體的形態，所以都不會感到疲累，但試久了，也覺得灰心了。

就在無技可施時，我在心中想著：「讓我前進好嗎？」的那一瞬間，發現我的身子離桌面近了一點。

我驚訝地看著自己位置的改變，整個人恍然大悟。

「前進，前進……」

很奇妙地，我的身體輕飄飄地在半空中，一吋一吋往前移動著，而試了幾次之後，我越來越有心得。原來，靈魂可以利用自己的意志，左右這股能量移動。

經過了幾次練習，我終於飄到了書桌前，看著那封信，上面果然寫著「給小新」。

我很本能地伸出手，想要將信拿起來看，只不過，我的手卻直接穿過了信，甚至穿過了書桌。

我試了幾次，依舊一樣。

赫然發現，我與信根本是不同空間的物體，自然無法觸摸得到。

於是，我試著利用剛才移動身體的方法，想要試著移動信封。在心裡面開始想著：「信，起來！信，起來！」只不過弄了半天，信依舊是完好如初躺在書桌上，而我依舊飄浮於半空中。

這樣的情況，約莫過了半小時後，我決定放棄。

畢竟，應該有靈魂做不到的事情！試想，如果我現在只是一團電波，我又怎麼能夠移動物體呢？

而且假如我真的可以移動物體的話，在那個空間看起來，應該就像是鬧鬼了吧。

我輕飄飄地移動到門口，下意識地要握住門把開門，不過我的手再度穿過了門。我感到自己在苦笑，趕緊改變方式，利用念想往前，順利地穿透房門。

大新的房間外面是客廳。而我看到了大新的母親，正對著家裡的神主牌位唸唸有詞地祭拜著。

我看著她嘴巴雖然在動，事實上是在心裡默唸著。

這時候大新的母親點燃了香，隨著散播在空氣中的煙霧，猶如載體一般，將她所默唸的話，運轉到了我的空間來，隔了一兩秒後，就在我的耳邊迴響了起來，而且那聲音大得有如立體環繞喇叭般，整個音場將我罩住。

「爸，如果你有聽到的話，就幫忙讓大新回來唷，讓大新恢復健康唷……」

我試圖掩住耳朵，卻發現這聲音就像是林醫師說的，不是直接從耳朵進來的，而是直接與我的靈魂溝通。

我這才了解透過點香所產生的煙霧，可以讓祈禱的話語傳遞到這個空間來。更不可思議的是，這時候在我前方一公尺處，我似乎看見了某個影子，正有形無形地隱隱現身。

那是個人形沒錯，但是看起來卻很模糊。

那人影似乎也看不太清楚我，卻衝著我說起了話來。

「妳是誰？」就連聲音聽起來也是含糊不清，但是從輪廓和聲音來看，我想那應該是大新的外公。我想起了林醫師說過的話，這可能是另外一個靈魂，只不過和我的頻率並沒有完全接近，以致於我看不清楚他的影像、也聽不清楚他的話……

重點是，雖然我現在也是以某種能量的形式存在於這空間，但是在我的認知裡，大新的外公根本就是鬼魂，而我這趟來的目的，並不是要與鬼打交道。

「走走，快往前、往前……」

我一路想著往前走，速度越來越快，飛也似地飄離了他們家，往外面的街道移動。

只不過，我心裡掛念的還是那封信——那封大新在最後寫給我的信。

既然信已經署名給我了，照道理說大新的爸媽看到的話，應該會直接轉交給我才是。可是都已經過了半年多，這封信卻依舊原封不動地躺在書桌上，要不是他們忘了，就是他們不願意將信交給我。

為什麼？

我一邊想著、一邊在路上飄移著……

第13話

寂寞的靈魂

這是一個天氣很好的午後，陽光灑在身上，很舒服。

說穿了，那個所謂「舒服」的感受，是我自己想像的，因爲現在的我，只是一股能量、只是一團電波，飄浮在東區的街道上。

速食店依舊人聲鼎沸，而馬路上仍然車水馬龍。我飄呀飄地，彷彿依舊活在這世上一般。

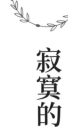

這樣描述是有點詭異，因爲我的確還是活著。只不過，如果每個靈魂都認爲自己還是活著，那麼死亡到底又應該是什麼樣的情況？

飄了一段路後，我試圖搭公車前往醫院看看林醫師，或是說，想要看看自己的身體，但是又擔心，公司或是交通工具這類機器，無法承載像我這樣的能量，於是我跟著一群人上了一班公車，悄悄地等待車子行駛後，看看我是否會穿越公車留在原地。

基本上我眞的不知道原理爲何，只不過我擔心的事情並沒有發生，我就這樣成功地搭了公車。

於是我順利到達了醫院。

花了點時間飄到了林醫師的辦公室後，我看見他正坐在座位上打電腦。我在他面前不停地招手、打招呼，但他卻完全看不見。

我看見林醫師非常嚴肅的臉，飄到他的身後打算瞧瞧電腦螢幕上的資料。

這時，林醫師正打開一個文件檔案。

「唐心亭／２０２３／０１／１２脫離／觀察中」很巧地，我看見了我的名字。看來，是份關於這個實驗的檔案，只不過往下看，卻發現在我的名字下面，赫然還有著好幾個名字。

「吳天福／２０２２／０１／１１脫離／２０２２／１２／１１死亡」

「林世華／２０２１／０５／０１脫離／２０２１／０８／０１死亡」

「劉岷朱／２０１９／０２／１９脫離／２０１９／０５／１９死亡」

「陳世艷／２０１６／０９／１７脫離／２０１６／１２／１７死亡」

「宋明行／２０１５／１１／２６脫離／２０１６／０２／２６死亡」

我呆住了。

恐懼感這時在我的心裡慢慢地滋生，如果我看到的檔案是林醫師做過的所有病歷的話，那麼可以說這個實驗根本沒有成功過，因爲所有人都在三個月之後，被宣告死亡。

我看著林醫師，湧現出了憤怒。我試圖大聲地告訴他：「你怎麼可以事前都不告訴我？這樣下去，我不就是在等死了嗎？」但是不管我「覺得」我喊得再大聲，林醫師還是一派輕鬆，關掉了檔案，然後拿著鑰匙，鎖上了他的研究室，離開了我的視線。

我呆呆地飄浮在一間陌生的辦公室內。

冷靜思考過後，也怨不得人，只能怪自己太衝動了，根本沒有把事情的來龍去脈搞清楚，也沒有去徵詢過相關專家的意見。只因爲，我太想要找到大新……

也不知道杵了多久，我才逐漸想開。

既來之，則安之，反正已經決定要來了。總之，重點是我要將大新帶回去。

一想到這，我的精神又來了，既然已經到了醫院，我何不就去大新的病房看看呢？於是我一路飄到了１０２６號病房，大新還是躺在床上。

我看著四周，並沒有看到他的靈魂，很顯然，他的靈魂並不在附近，甚至可以解釋成，他的靈魂，根本搞不清楚他的身體在哪裡，以致於靈魂找不到回家的路。

不過林醫師說過，有可能大新的靈魂在車禍之後受損了。我突發奇想，看著大新的身體，想試圖進入看看。

於是，我利用意志，讓自己的靈魂平躺在大新的床上，也就是說，我的靈魂和他的身體處在同一個位置，只是空間不同。

躺了半天後，我確信大新的身體裡沒有靈魂，或者是說，我這樣躺根本就進不去他的身體。可以證實的是，很多電影或是電視常常會上演那些互換靈魂的劇本，完全荒謬。

只不過，現在可以證明這樣的事情，並沒有意義。

我離開了大新的身體，緩緩地飄出窗外，在院區晃著。

我相信，醫院應該有許多靈魂。對於我這樣的新手，不趕緊找個人來問路的話，恐怕無法進行下一步。

但奇妙的是我晃遍了醫院，卻看不到半個「人」對我招手或是打招呼；因爲，根本沒有「人」看得到我，而我也遇不到半個頻率相近的「人」。

我離開醫院到了大馬路上，天母的鬧區人潮熙攘，可是依舊沒人意識得到我，偶爾有貴婦牽著的小狗對我狂吠了幾聲。

但，沒有別的靈魂……

街上的人當我不存在似地穿過我的身體……在他們眼裡我的確是不存在的，但是，這感覺和我沒脫離身體前又有何差別？

想起三好曾經寫過：「寂寞的靈魂和寂寞的人有什麼差別？寂寞的人是妳身邊沒有半個人，但也許妳知道，在電話那端或是網路那頭，還是有人在等著妳……寂寞的靈魂則是……妳身邊有好多、好多人，只不過沒有人意識到妳的存在。」

現在我眞的是名符其實的「寂寞的靈魂」了。

我赫然察覺即使是換了空間，要找到頻率相通的「人」都這麼困難了，我們還能奢求，找到完全能溝通的人嗎？

站在人海中，任由人群通過我的身體。我，無所適從……

第14話

我的電台節目

我一路從醫院走到了天母的圓環處。

說「走」是不太恰當，因爲我是一路飄過去的，既不覺得累，在那麼大的陽光底下，也不會有半點熱的感受。

比較奇特的是，身處在這種環境下，對於時間的概念，完全無法掌控，剛剛還覺得天是亮的，沒想到這時路燈已亮起了。

夜晚的天母，曾經是我和大新逛街的場所之一。但是現在的我，對於身處任何地點，似乎都沒有什麼幫助。

當我自己沒有特殊的意志時，基本上，我應該會定在同一個空間的點上，只不

過，這個時候卻出現了奇妙的事情。

我的腦中是空白的，身體卻開始移動起來，雖然很緩慢，但的確有股力量正把我這團電波慢慢拉了過去。

我不是不能掙脫，我心中動念，想要朝反方向施力，發現是做得到的。因此我自認爲在可以控制的範圍內，隨著這股拉力移動，我想要看看是什麼樣的力量或是物體正在牽引著我。

速度，越來越快，越來越快。我的身子被拉進了某條巷道內，我看見了一名男子正背對著我，跪在地上。

我只能看到男子的背面，當他察覺到我的來臨時將臉轉了過來。

「妳……是新來的？」男子看著我說話，臉上充滿了稚嫩之氣，我推測他大概是個高中生。

我往回看發現自己身後沒有半個人，反問男孩。

「……你看得到我？」我有點驚訝又帶點高興。

「……看得到，但……我很久沒看到其他……『人』……了……」男孩講話斷斷續續。

這時我注意到他的樣子，其實也不是那麼清晰。大概就只可以分辨臉上五官的位置，但每個器官的具體形狀都不太清楚。

我想，總算遇到了一個頻率還差不多的「靈魂」。

「你在這邊多久了？」我問。

「很久……了……」男孩說。

我看看四周，是個死巷子，一旁只有垃圾堆以及地上的汙水。

「怎麼不離開這邊呢？」

「……不能……走……我還不想……」男孩的話，我聽得一知半解。

「幹嘛不走？」

「我還……不想投胎……因爲我應該不會再投胎爲人……」男孩說。

「你怎麼知道？」

「之前我們一群人……在這邊械鬥……結果靈魂都卡在這裡……其他人想要離開……都被抓走了……」男孩說。

「被誰抓走……」我越聽越迷糊了。

「一種力量……」男孩這時候站了起來，轉過身面對著我。

「這……」我傻了。男孩的腹部腸肉都流了出來，那一道道傷痕，雖然不會流血，但是傷口很明顯。

「不用怕……每個人死了後，靈魂的呈現方式都是死前最後的樣子……」

我不自覺得地將身子往後飛了幾公分。

「你說，一股力量會把靈魂抓走？」

「對……那個……妳……會用電腦吧……」

我點了點頭。

「……那好……我用電腦的概念說給妳聽。每個靈魂……都像是一個記憶體，學會的東西、做過的事情、生前的記都會保存在裡面。可是……物質不滅定律，記憶體的數量是有限的，靈魂的數量也是有限的，因此如果死後……像我一樣還在這邊的話，我就只是個靈魂，還保有生前檔案的靈魂。只是等到那股力量需要我這個記憶體的時候……我就會被抓走，然後被格式化，變成一個可以儲存不同人生檔案的空白記憶體……」我聽得半信半疑。

「可是……那是人死後的情況，如果說不是死亡……而只是靈魂出竅呢？」

我的話說到一半，男孩的影像忽然開始更加模糊了起來。

「……糟了……來了……」男孩的身邊，似乎出現了幾團黑色的影子，緩緩包圍住他，我看不到他有什麼掙扎，只是沒幾秒，他就逐漸消失在黑影當中……

這情景把我給嚇傻了。

我急忙飄出了小巷，回到了天母夜晚的鬧區，至少人多些。

只不過剛才男孩的話，讓我的思緒一片混亂。因爲如果照這種宇宙力量循環的話，大新也有可能在短時間內回不去肉體，而因此被那股力量給吞沒。

甚至我也……

之前偷看到林醫師檔案裡面的那些實驗者，我推想就是因爲長時間靈魂出竅，被那股力量當作是往生者的靈魂，而將他們重新格式化，作爲下一個生命的靈魂。

這不就像是中國人說的「孟婆湯」，喝完之後忘掉了生前的記憶……

結論是，我的時間有限。

我得要在短時間內找到大新，並且將他帶回去。

熱鬧的天母街道上，人相當多，但不知怎地，剛才還是一片混亂思緒的我，在那一瞬間，忽然就被一個人給吸引住了——一個置身於人群當中的人。

是個女孩子。

她的樣子看起來非常清晰，誇張的程度都比我出竅前所看過的畫面都更加清晰。再仔細一看，我見過她，非常面熟。

猛地想起，她就是那晚在格林家外面見到的短髮女孩。

當我看著她的時候，我發現她早就已經看著我了，我們四目相接，就像那天晚上一樣，我對她笑了笑，她也回敬我一個笑容。兩人原本相隔很遠，卻在下一秒鐘，我們拉近到幾乎臉貼臉的距離。

我們看著彼此，我無法得知她的感受，但我終於體會到，這就是所謂的頻率對了的感覺，這就是格林告訴我的，她是我想要聽的電台節目。

對看了幾秒之後，我開口了。

「妳好，我叫小新……」

「妳好，我是秀娟……」

我斷沒想到，我會在這個時空下，認識了堪稱是我生命中最重要的人，而我的人生，也因此有了重大的轉變……

第15話

共鳴

我和秀娟面對面，飄浮在天母的街道上。

「我們見過面！」我說。

「是吧……那時候我就好奇，妳怎麼看得到我……」

「妳的意思是？」我不懂。

「那時候妳還活著對吧……可是妳卻看得到我……」

我心中霎時感到一陣寒意，原來當時我看到的她，已經是靈魂的型態……難怪當初格林家的狗叫得那麼厲害。

「……我現在還是活著的……」我試圖更正她的說法。

秀娟這時並不打算和我辯論。對一個靈魂來說，看到另外一個靈魂最直接的想法就是對方也死亡了。

「那……妳來做什麼呢？」秀娟說話的聲音聽起來如此溫柔，讓人很喜歡與她繼續交談下去。

「……這說來話長……」我並不知道我是否需要對一個素昧平生的「靈魂」掏心掏肺，告訴她所有的事情，但是看著眼前的秀娟，我竟然有那種衝動。

「那……我們邊走邊聊？晚上的天母，最適合散步，而不適合逛街……」秀娟說。

我心頭一震。

這是我和大新說過的話，無奈對於大新而言，到天母來就是要逛街，逛街就是要鎖定想買的東西，而走路只是要以最短的時間找到想要的商品。

但那不叫散步。散步是沒有目標地走著，讓晚風掠過身體、讓環境音包圍心靈。

「嗯……」我點了點頭後和秀娟一路緩緩地往忠誠路的方向飄了過去。

「我有一個男朋友，半年前出了車禍成了植物人，醫生說，他的身體狀況健全，可能是靈魂在這個空間找不到路，也有可能是靈魂因爲車禍受損，導致他現在每天躺在醫院，而我……就是要來這個空間，把他帶回去的……」

「嗯……」秀娟微笑不語。但我卻覺得她是有話刻意不說。

「有問題嗎？」我說。

秀娟輕飄飄地飛到了某座建築物上方，像是坐在屋頂似的往下看，看著我。

我很自然地抬頭看著她，而月亮恰巧在她的正後方。

「月亮，美嗎？」秀娟說。

我看了一下天空說：「很美！」月光下，秀娟看起來更加清秀。她的臉很小，五官卻很立體。她的嘴角邊有一顆非常小的痣，但是只要她一講話，妳就會注意到它，非常有特色。

「其實……靈魂……可以觸摸得到月亮，可以將月亮摘下來……但人不行……」秀娟笑著說。

我則是不懂。

「要不要試試？儘量往上飛。」

我聽了秀娟的話以後，心裡頭想著往上，這時我感覺到自己不停地上升、不停地向上飄著。只不過，到了離秀娟幾公尺遠的地方時，我就飛不上去了……

「……沒辦法……抓不到月亮吧……」我說。

秀娟則是面帶笑意抬頭看著我。

「月亮，在地球上肯定抓不到的吧？只不過現在有人告訴妳可以，妳就想試試看了……有些事情……不是能力的問題，而是本質的問題。」

我大概聽出來秀娟的意思了。

「妳是說，我不應該來？」我飄了下來，到秀娟身邊。

「我只是想說……如果他愛妳……他會去找妳。我不知道妳用什麼方法來到了這裡，但是，就算找到他，也不見得有效……」

「怎麼說？」我問。

「如果……你們心意相通、頻率相近，就算他化成了靈魂，都應該守護在妳的身邊，注視妳的一切。妳一來，他就應該出現，只可惜，看起來到現在爲止妳都還不知道他在哪裡。」

秀娟的話，我很認同，但也許，那只是理想……

「也許他的靈魂受損了……」我說。

「在這個空間裡……靈魂通常會去他最愛的地方，或是最熟悉的地方。如果他的心裡留著一些對妳的回憶，妳就應該去你們擁有最深刻回憶的地方找他。」

我聽了覺得很有道理，只不過，我一到這世界就出現在他的床上，代表著那是我覺得回憶最深刻的地方嗎？

「……關於這個地點，你們兩個想像的不見得一樣，但是，需要找出共通點來，所以妳也不用太氣餒。」秀娟說。

我看著秀娟，忽然有一種「和這個人溝通似乎可以不用講話」的感覺，她好像完全了解我的想法，難道這就是頻率相通？

還是說，這是秀娟的個人能力，她本來就是個善解人意、思緒又清晰的人，因此說起話來，才會一語命中？

「可是……我回想起來，好像有好多個地方，都是他有可能出現的……」我瞇著眼說，並且強調了「好多」這兩個字。

「這是……『邀約』的一種方式嗎？」秀娟也歪著頭回我，並且強調了「邀約」兩個字。我的確希望秀娟陪我前往，但是我並沒有期待她會從上一句話裡面，就推知我的想法。

我們兩個看著彼此，笑了出來。

「怎麼樣？妳有興趣陪我這個陌生人……陌生鬼……去四處走走看看嗎？」我說。

就在這時候秀娟的腳邊忽然出現了黑色的小斑點，而斑點漸漸擴大，化成了一小片黑影，就像剛才那個高中男生被吞噬時，所出現的一樣。

「他們來了……」秀娟臉色有點慌張。

「是……那股力量嗎？」我還記得剛才的情況，連帶我也緊張了起來。

「……對！……可是……我還不想轉世、我還有事要做……」黑影逐漸擴大，秀娟小腿以下的部份似乎被遮蓋住了。

「要怎麼辦？有什麼方法可以脫離嗎？」我說。

「妳要去的第一個地方是哪裡？你們回憶中的第一個場所……」秀娟有點急了。

「東海大學！我們是在那邊認識的。」我試著用手揮舞著，想揮散那股黑影，卻沒有用。

「我們現在過去！」黑影已經逐漸籠罩住秀娟的大腿了。

「怎麼去？」我急了。

「想著那個地方的景象，能量會將我們轉移過去的！」秀娟大喊著。

「好！」

話雖如此，可是我當下又擔心，如果兩個人轉移過去之後見不到面怎麼辦。

「秀娟，等等！我可以問妳個問題嗎？」眼看著秀娟身上的黑影，已經蔓延到腰部以上了。

「說……」

「妳看我的輪廓，是很清楚的嗎？」

「是！」秀娟回答後，黑影已經蔓延到脖子了。而我確定秀娟和我是頻率相通的靈魂，並不是她天生有猜測對方心意的能力。

「可以走了嗎？」秀娟叫。

「嗯！」語畢，心裡想的是大學時期的電腦教室，當年我和大新就是在這裡認識的。

一瞬間，秀娟消失在我的視線內，而我像是在一秒之內看到了許多光影，七彩的、繽紛的、多層次的光束籠罩在我四周。然後，我就站在了年輕時期的電腦教室的桌子上，滿教室的學生正在上課。

當然，學生們看不見我。

我急忙環顧四周，轉了三百六十度之後，才看見了秀娟正站在黑板前，笑著對我揮手。

第16話

那些日子

秀娟從講台飄到了我面前。

「就是這裡嗎？你們第一次見面的地方？」

「嗯。」

「有看到他嗎？」

其實剛才在尋找秀娟的時候，已經看過一輪了，除了滿坑的學生之外，在這個空間內的，只有一、兩個頻率和我不太合的人影，而從輪廓看來，我知道那根本不是大新。

「沒有……什麼都沒……」我看起來可能有點難過。

「這裡既然是你們學校，他也有可能在別的地方吧？」

我點頭認同。繼續帶著秀娟到了湖邊、圖書館、餐廳……等等，以前我們曾經一起去過的地方，但，不管到哪裡就是沒有大新的下落。

「想些好的事情吧……畢竟這裡還有很多你們的回憶啊！」秀娟試圖安慰我。

「走吧……到下個地方去！」我說。

在台中，我們度過了年輕時期的許多美好日子，或者應該說，真正快樂的時光，其實都是在台中。畢竟學生時代沒有什麼壓力，只要專心談戀愛就行。

我帶著秀娟到了常去的二輪電影院。

「以前沒有錢……我們都來這個地方看電影……可是，也常因爲看電影吵架……」

「吵什麼呢？」

「他不喜歡在電影院看電影，他覺得看電影是一個人的事情，因爲盯著螢幕，其實一個人看和兩個人看並沒有差別。」我說。

「但是妳覺得在吸收資訊或是感動時，旁邊有個最心愛的人一起感受，那感覺可以加倍，對嗎？」秀娟淡淡地說。

我驚訝的看著秀娟。

「妳想得眞準確！」

「只是和妳想法一致罷了。」

接著我又帶秀娟到了台中最大的書店。

這是另外一個我喜歡的地方。

「這裡也是我們常來的地方。」我說。不過秀娟站在書店外，似乎不打算進去。

「這裡，他不會在的。」秀娟斬釘截鐵地回覆我。

「爲什麼妳這麼有把握？」

「這裡是妳有回憶的地方，不是他吧?從妳的描述聽來，大新不會喜歡到書店，就算他來也只是因爲陪妳來，他就是無法待太久。因此你們兩個也常常在門口吵架，這就是爲什麼妳出現在店門口，而不是店內！」

要不是我們是用靈魂的型態溝通，我眞想調查一下秀娟是不是調查員。

「爲什麼妳說得好像妳親眼看到似的……準確？」

「這不奇怪……我只是用我自己的立場，去想像而已。」

的確。秀娟一語就說中了。學校、圖書館、湖邊、書店，這些地方都是我自己有回憶的場所，但是對於大新來說，肯定都不是他喜歡的地方，甚至在這些場合，我們都吵過架……

我試著回想，什麼樣的地方才是我們兩個都印象深刻，同時讓我們擁有美好回憶的地點。

「有了！」我又帶著秀娟來到一家汽車旅館。一邊找著門號、一邊搜尋著有沒有大新的靈魂。

「就是這裡！」我和秀娟進了三樓的一個房間，那就是我和大新，第一次發生關係的地點。

我們穿越了牆壁，進到房內，看見一個大學男生正和一個女孩接吻，準備親熱。

「這裡……的確有可能是男人記憶深刻的地方……」話雖如此，自從我進到房內以後，就沒有看到任何靈魂的跡象。

「喔……」床上的女孩被男孩親吻著脖子，不自覺得地發出了嬌嗔聲。

「有嗎？」秀娟問。我則是洩氣般地搖了頭。

這時床上的男孩很熟練地將女孩的胸罩解開，然後一把將她牛仔裙的鈕扣扯開。不到一分鐘，女孩身上的衣服已經完全被脫掉，但是男孩卻依然穿著褲子，裸著上半身。

也許是記憶使然，我看著這景象，問了秀娟。

「妳不覺得……每次都要先脫女生衣服這事情……很不公平嗎？」我說。

秀娟笑了。

「妳其實單純覺得這件事很不合理吧?」

「對!」我提高了分貝。

「那感覺是,如果不小心有人闖進來或是發生火災的話……」我說。

「男生就可以先逃走?」秀娟接著我的話。

「喔喔……啊啊……喔……」這時床上的女孩與男孩已經合而爲一,女生開始忘我地呻吟著。

這是我第一次現場直擊別人辦事,心裡不免有些意見。不過在我還沒說出口之前,秀娟已經先替我說了。

「太猴急了,前戲應該更久!你應該摸她這邊、然後親這裡,用這個姿勢。」秀娟在兩人身邊比手畫腳,我在一旁看得不禁笑了出來。

我心中想著,也許這是這半年來,我笑得最沒有負擔的一段時間,只不過,在這樣的型態下開心,眞的也很難跟別人說明。

忽然，秀娟的眼睛瞇了起來，那感覺就好像有人在她耳邊說話一般。

「大新，不在這裡對吧？我們可以離開了嗎？」秀娟說。

「可以呀，怎麼了嗎？」

「家裡人找我，可能有事情要跟我說，妳要和我回去一趟嗎？」

我心裡好奇了起來，家裡人找妳？這樣妳也知道？

「好呀，我跟妳去……妳家在哪？」出於好奇心，以及一種不想和秀娟就此分道揚鑣的念頭，促使我也想跟著她過去。

「嗯……」秀娟告訴了我她新店老家的地點之後，我們兩個同時想著那地方，再次經歷了靈魂轉換地點的過程。

第17話

空間之間

彈指之間，我和秀娟來到了一間民宅中，感覺是有點歷史的房子。

民宅裡面，一位老婦人面對著一面牌位以及兩側的紅蠟燭，神桌上面除了這些東西外，還有個香爐。

這景象和之前我在大新家，看到大新母親面對神壇前的擺設幾乎是一模一樣。

老婦人嘴中念念有詞，而在我聽來這些話也跟大新一樣。聲音藉由煙霧傳遞到這空間時有如五雷轟頂，讓我在現場聽得好不舒服。只不過看向秀娟，她卻是一副怡然自得，並且很專注地聽著老婦人說話。

「……這位是？」我忍不住開了口。

「我媽。」原來，秀娟可以很清楚地聽見她母親說的話。而我猜想，她剛才也是因爲透過燒香的形式，才聽到她母親呼喚她的聲音吧。

「秀娟呀，媽媽想問妳，妳在台北的那房子是要賣還是不要賣?如果要的話，妳給我一個聖筊，不要的話給我一個笑筊吧！」

秀娟母親兩手握著筊往地上一擲，只見秀娟看著母親的動作，卻也沒有其他反應。

這時候出現在地上的是聖筊。

「好啦，我知道了!我會把房子賣掉，妳自己在那邊要多保重喔。媽媽多燒一些東西給妳，讓妳在那邊可以過得好一點！」

我靠了過去。

「那個聖筊是怎麼產生的?是妳讓它變成聖筊的嗎?」我問。

「嗯……說起來很奇妙。只要我心裡面想的是肯定的答案，就會出現聖筊；而如果我還在考慮或者持否定態度，就會出現笑筊。」

「所以說，中國人這一套是眞的管用了，老祖宗還眞靈！」

秀娟笑著。

「也不一定管用……因爲，其實在正常的空間裡面，他們並不知道靈魂有沒有來到現場，所以常常在拜拜的時候，藉著燒香傳遞訊息後，就像剛才，我可以在任何地方聽到我媽和我說話；可是如果我沒有回來的話，那剛剛擲筊的結果就根本只是機率問題，和靈魂的意志無關了。」

我覺得，我越來越了解這空間的運作方式了。

「可是……也有例外啦。就像是如果我已經被抓去轉世，其實這樣呼叫我，我也是聽不到的，這樣一來就只是人世間的人，自己心裡覺得有保障而已。」

這時候我看向秀娟，心裡還是有點難過。我可以想像，在這個空間看著親人的那種感覺，秀娟肯定也很難受。

「我走了之後……她就只剩下一個人，我們是單親家庭，我媽獨自撫養我長大。」

我不知道該說什麼，但是秀娟的家庭背景和我幾乎一模一樣，也讓我對她更加感到親近，進而讓我想起大新。

大新的父母健在，因此每次和他聊到了家庭觀時，他總是不覺得有什麼好著急的，只是對於家庭不圓滿的我而言，那種想要擁有自己家庭的心，以及又怕現實不如想像完美的矛盾，他實在很難理解。

我試圖拍拍秀娟的背，卻只見兩個穿透的影子。

「沒關係，我看得很開的！這輩子可以成爲她的女兒，已經讓我相當開心了……」

「這輩子……可是妳這輩子結束了……難道妳不希望下輩子可以再報答她嗎？」

秀娟飄到了她母親的身邊，作勢要抱她。

「不需要那樣想了……這些事情都有規則的……生前我就思考過了，死後，越瞭解這空間的運作，就越能夠體會一切不需要強求的道理。」

受到秀娟這句話的啓發，我不知怎地，忽然覺得自己跑來找大新，好多餘……

「……秀娟，妳一定認爲我來尋找大新是一件強求的事情，對嗎？」

「我其實覺得，來，並沒有什麼不好。重點是來了之後，妳能得到什麼？就算說妳眞的找到大新了，那也不代表你們兩個就可以很完美地走完下半輩子。只不過，我覺得每件事情都有其背後的涵義，妳今天會來到這個空間也是一樣，絕對不是只有尋找大新這麼簡單。」

我點點頭，心中還是驚歎於秀娟這麼一個年輕的女孩子，竟然能夠對人生有如此深刻的領悟。同時也很高興自己可以在這個時候，認識這樣一個朋友。

「如果我們可以早一點認識就好了……」我說。

「早一點認識，可以怎樣呢？」秀娟忽然帶著點挑逗的口氣說。

我一下子有點脹紅了臉。當然，那都只是感覺。

「沒怎麼樣呀！因爲我們眞的是……頻率相通……」我找不到其他形容詞來描

述我和她之間的契合，只能用靈魂頻率吻合來說明。

忽然，我看到秀娟的手上多了個黑色的物體。

「秀娟，那是什麼？」我有點驚訝，因爲我以爲又是「那股力量」的來臨。

秀娟緩緩地將手抬了起來，我看到她的手上多了台手機！

那是世界知名水果手機的最新款。

「噗……哈哈……怎麼有這個東西……哈哈……」我忍不住笑了出來，因爲那手機看起來雖然像是眞的，但仔細一看就發現是紙糊的，雖然很精美。

秀娟尷尬地說：「唉唷，我媽每次都會燒這些東西給我，事實上在這個空間一點用處都沒有。」

忽然，秀娟的身邊又多了輛汽車，還是賓士加長型，我看了不禁笑彎了腰。

「哈哈……秀娟……我們兩個……開這個出去玩吧！好嗎？哈哈哈……」我一想到秀娟那麼有智慧以及充滿靈氣，卻遇上這麼鄉土的老媽，這之間的落差過大，實在是把我逗得都忘了自己身處何地了。

秀娟看我笑成那樣，她也笑了。

「喂喂……小新在嗎？」秀娟作勢拿起手機與我通話，又把我逗得笑不停了。

「還是說，我請我媽再多燒一支手機給妳，這樣我們就可以通話了！」

我還是不停地笑指著賓士車說。

「哈哈……賓士車……我活著的時候都沒坐過耶……哈哈哈哈哈……」

秀娟靠近紙糊的賓士車，一邊玩弄著，一邊說。

「唉唷，老媽沒有燒鑰匙給我……怎麼開？」秀娟說得一臉正經。

我卻是已經笑到無法回話了。

第18話

神遊

和秀娟這樣過了一段時間，聊了許多關於人生或愛情的事情。

這天晚上，我和秀娟在她新店老家的房間中。

「房間很小，請見諒……」秀娟說。

我們兩個飄浮於床上，感覺很是奇妙。

「其實我們也不需要睡覺，今晚有必要在這邊嗎？」我問。

「不好意思……我有點私事想要和我媽說，所以晚一點我們就離開，好嗎？」

「私事？妳要怎麼說？」我又好奇了。

秀娟雙手撐著頭。

「我之前試過一次，應該是可以的。我發現人在睡覺時的頻率和平時不太一樣，因此我曾經試著在我媽入睡後跟她說話，結果她似乎真的聽得到！」

喔……這不就是人家說的託夢？總感覺到了這個空間後，了解了好多這方面的事情。

秀娟看了一下時鐘。

「她差不多熟睡了，妳等我一下，我馬上回來！」秀娟穿過牆壁，飄去她母親的房間，沒多久就回來了。

「好了。」秀娟不知道說什麼事情，竟如此簡潔。

「那妳接下來想要去哪裡尋找大新呢？」

我撇了一下嘴，事實上，我還真的不知道要去哪裡了。

「沒關係……不用著急，等我想到大新可能出現的地方，我們再去好了……」

事實上是，我忽然擔心起，如果秀娟之後真的被「那股力量」帶去轉世的話，我和她就沒時間相處了……

這種感覺非常難以言喻，有點類似熱戀期，很怕與對方相處的時間減少了、很怕對方不在身邊。

然而，我明明和這個「人」相處沒多久……

我突發奇想。

「秀娟，我們來玩個遊戲吧！」

「什麼遊戲？」

「既然我們兩人頻率相通，那一定很容易可以知道對方在想什麼……我們分別默默在心中想一個目的地讓對方感應，再看看我們是否能眞的能心靈相通！」

其實，這是我和大新玩過的遊戲。

題目包括了像是：「結婚典禮最想辦的地方」、「蜜月旅行最想去的地方……」、「挑一個最想要做愛的場所」、「在台灣最喜歡的風景區」……

然後兩人將答案分別寫在自己的紙上。

當初我們兩人的答案完全不同，記得我因爲這件事情，生了不短時間的氣，因此印象非常深刻。

「好呀！」秀娟一口答應。

「如果沒找到對方，就回到這裡，好嗎？」秀娟說。

我點點頭說：「那，我先……在台北市、第一次約會、最想去的地方？」

秀娟點點頭。

「一，二，三！」數數的同時，心裡想著美術館。下一瞬間，我的「靈魂」到了台北美術館內，而秀娟正背對著我，欣賞著正在展出的莫內畫展。

這種默契不是一般人可以達到的，但我們兩個做起來卻如此容易。

秀娟回頭對著我微笑，並且朝我飄了過來。

「這一次，該我了……心情不平靜時，最想去的地方……一、二、三……」這題出得很快，但我腦中閃過的卻是日本京都，不過我擔心我的能量無法到達。沒想到，睜開眼的瞬間，我來到了曾經看過的圖片中的京都古廟！但我擔心秀娟不可能會這麼有默契地選擇這裡，就算她也想來京都，也不可能這巧到就在同一間古廟。

就在我打算回到秀娟新店老家時，她從古廟的門外飄了進來。

「……沒想到……妳心情不好時，也想來這邊？」

我看到秀娟真是又驚又喜！這種心靈幾乎完全相通的感受，肯定不是一般人能夠形容的。那種衝動，幾乎讓我想要將秀娟整個人抱起來。

我越玩越興起，對著秀娟說。

「接下來，我們找一個玩水的地點，一、二、三……」我本來擔心秀娟會想到國外的地點，只不過當我在下一秒鐘到達淡水的時候，那個在海面上的人影，就是秀娟！

我們兩人越玩越開心，畢竟遇到了和自己如此心意一致的人，真的不是件簡單的事情。

隨後彼此又出了好幾道題目，兩人的默契，沒有出過差錯。

這時秀娟出了一道我意料外的題目。

「好！那麼……接下來是，某天大新小新結婚的話，想去的地方……」我跟著喊著：「……一、二、三……」喊完之後，我整個人卻呈現了放空的狀態。

我發現，我還在上一道題目倫敦的街道上。晚上的英國飄起了微微的雪花，我看著雪花落在了地上，這才知道，我根本不想結婚……至少，不想和大新結婚……我審視著自己的心，終於了解，自己逼迫大新結婚，只是想要求個安全感，但，我並不知道自己到底爲什麼沒有安全感。

我一抬頭，卻看見了秀娟。

她根本沒離開過。

雪花一片片穿透過秀娟的身體，我眞的無法想像，她到底了解我到什麼樣的地步。一個這麼萍水相逢的「人」，竟然可以如此觸及我深處的心思。

「關於回憶，妳還是擁有許多美好的……但是關於未來……我想，妳還無法思考……」秀娟說。

我點點頭，其實我覺得自己在流眼淚，但我知道，靈魂，是沒有水分的，有的，只是一團團的電波罷了……

「我們回去吧……」秀娟說，並且伸出了手。

我微笑著，同樣伸出自己的手，與她的手在空中交錯著。雖然我們彼此感受不到對方的體溫，但是，我們了解對方的確存在著。

「回新店去？」秀娟說。

「都好……」

「還是妳有什麼地方想去看看的？」

我想了想。

「回新店吧……」

我和秀娟，手牽著手，回到了她的房間內……

第19話

謀殺

回到了新店秀娟房中，我們兩人依舊「躺」在床上聊天。也因爲認識了秀娟這麼心意相通的朋友，讓我再一次思考所謂終身伴侶的定義。

「秀娟……到底要怎麼決定是否與一個人走下去呢？」

「這問題，眞不算是個問題。」秀娟笑。

「怎麼說？」

「要與一個人走下去與否根本不需要決定，會走下去的對象，就是會不斷往前走；走不下去的人，到最後妳不離開他，他也會漸漸離開妳。」

「……可是原本註定會走一輩子的人……」我話未說完，就被秀娟打斷。

「這話是不合邏輯的，沒有註定這件事情。如果有的話，妳也不需要去煩惱了，因爲早已註定這樣、註定那樣……想再多也沒有用，對吧？」秀娟又笑了。

我遲疑了一會兒。

「……所以說，我們是註定要在這種情況下遇見的？」

「如果妳要相信有『註定』這件事情的話，就……可以這麼說。」

「可是爲什麼要讓我們兩個在這種情況下認識呢？如果不是的話，我們就可以做更多事情了……」

「……做什麼事情？」秀娟又用曖昧的語氣問我，我又尷尬了。

「……也沒什麼呀，就可以一起去看電影、一起去散散步之類……」

「現在也可以不是嗎？」

「……」說得也是，有什麼事情是沒有肉體不能做的呢？我忽然覺得，剛才講那種話好像是在暗示什麼，但明明，秀娟是個女生……

那感覺，很奇特……

我趕緊轉移話題。

「秀娟……妳是……怎麼死的呢？」我問得有點謹慎。

「妳說呢？」

「感覺妳聰明又有靈性，如果要我猜的話，一定是……生病！很淒美地在櫻花下死去。」我想像著。

秀娟笑著。

「妳的想像力不錯，不過，現實和想像差很多啦！」

「不然呢？或說是跟男朋友殉情？」

這次秀娟把嘴巴抿起來了。

「……不好意思！我說錯話了……」

秀娟輕飄飄地移動到我身體上方，看著我。

「不用不好意思，不管妳說什麼話，我都不會生氣的。」

秀娟接著說：「我，是被人家謀殺的……」

「爲什麼？」我大驚。

「……我不清楚，直到現在我都不知道我是被誰殺的……」

謀殺案！我眞不敢想像，我會遇到這樣的「人」。

「可是……秀娟，這樣妳不會很不甘心嗎？」

秀娟看著我，眼神中似乎充滿了光采。

「我一開始是很不甘心，雖然我也不知道誰對我有這麼大的仇恨，但是，當我遇到妳之後，就開始覺得這一切應該是有意義的。」

我聽完心裡也有同感，畢竟要遇到頻率這麼吻合的人，應該是非常難得的事情，只不過，難道我們就不能在「人」的空間裡相遇嗎？

「可是，妳難道不想要找出兇手嗎？」

「……說眞的，我想知道。只不過，現在人也已經死了，我也不覺得找到……兇手的意義何在了。」

「妳可以推測出是誰對妳有這麼大的恨意嗎？」

秀娟想了一想。

「我估計是感情的事……應該是類似『情敵』之類的人……」

我嚇到了，這樣的人真的出現在現實生活中，像我生活單純的人肯定不會遇到的事情。

「別聊這個了，這話題只會越講越不開心而已。妳有想過之後要去哪裡找大新嗎？」

「……」我啞口無言，當初滿腦子就想要靈魂出竅來尋找大新，沒想到真的到了這個空間之後，卻怎樣也找不到『人』。

「對了！車禍地點找過沒有？」

「對耶！」秀娟真是一語點醒了我。

從永吉路接上市民大道前，有一個不小的交叉路口，如果我沒有記錯的話，當初葉媽媽和我說的車禍地點，應該就是這裡。

我和秀娟兩人迅速地將能量轉移到了事發地點。

永吉路上的車流依舊，紅綠燈號保持頻率變換著，只不過，在那空間內，我只能看到幾個「人影」，不甚清楚地飄盪在路口。

「看起來，還是不在這邊……」我有點沮喪了。原因在於我自認為很了解大新，也覺得對他最喜歡的地方瞭若指掌，沒想到，來到這空間已經一段時間了，我卻還是只能在這邊飄飄蕩蕩。

秀娟看著我的表情，連忙過來安慰我。

「不急，不急……如果照妳說的，那麼大新一定還在這個空間，只是我們還沒找到而已……」秀娟說話的同時，左手臂上出現了小黑影，而且擴大的速度相當地快，感覺比上一次蔓延的速度快上許多。

「……小新，妳曾經說過大新常常為了工作和妳吵架，對嗎？」秀娟似乎不理會黑影擴散的進度，還是繼續與我討論大新的事情。

「秀娟，黑影……」

「沒關係，妳先回答我。」秀娟上半身已經被黑影覆蓋。

「……對，大新總是工作擺第一……」我忽然驚醒。

「公司！」我看著秀娟喊了出來，秀娟看著我微笑地點了點頭，我趕緊說出了大新公司的地址，趁著黑影繼續擴散之前，我們已經消失在永吉路口。

第20話

偷窺

大新的公司在東區的邊陲，一家中型廣告公司。

我和秀娟到了門口，看著建築的外觀。

「看起來挺氣派的呢！」秀娟說。

「走吧！」

我們兩人一路飄進了公司，穿過了大門、櫃檯、玄關，還來不及進到主要辦公室，就聽到了奇怪的聲音。

「……聽起來，像是那天在旅館聽到的聲音呢……」秀娟說著，而我示意一同過去看看。

循著聲音來到了一間類似存放資料的儲藏室，一進去就看到了一男一女正在進行著性行爲。

我不想用『做愛』兩個字形容，因爲兩個人是站姿且男人是從女人背後進去緣故。

我認爲，這比較像是動物之間的性行爲。

看了一下時鐘，發現目前是傍晚約莫六點半，也就是有些人下了班，但有些人還留下來加班的時間。

「很敢耶！在公司裡面，而且辦公室外面還有人吧！」秀娟說。

「啊啊……喔……啊……」女人的聲音持續發出，只不過她的嘴巴被男人的手掩住，聲音聽起來更加低沉。

「在這種地方做會比較有快感？」我問。

「……也許吧，加上外面有人，可能比較刺激？」秀娟不置可否地回答著。而這時，男人把女人轉了過來，換了體位，採取面對面的正常姿勢。

這時候我才看清楚了那女人的臉。

長髮飄逸、穿著一身合身套裝，雖然下半部的裙子已經被褪下，但還是可以很合理地想像，她穿著套裝時的身材曲線一定相當誘人。

但是，那張清秀的臉，我越看越熟悉。

「啊！」我叫了出來。

「怎麼了？」秀娟問。

「是安姬！」我想了起來，這女人是大新的助理安姬。我見過幾次，大新送醫院時，她也有去急診室。

「妳認識？」

「對，是大新的助理。平時看起來很文靜，沒想到……」我嘴角帶著笑意，因為我似乎挖掘到了八卦，可以和大新分享。

「到了這世界後，妳可以看到好多人的另外一面……走吧！還要繼續嗎？」秀娟說。

「啊啊……喔……啊啊……」安姬繼續地低吟著。我示意秀娟可以離開了，畢竟來這邊的目的是要找尋大新，而不是要探人隱私。

穿透了牆壁、飄過會議室，我們終於來到大新的辦公室。

而在那一瞬間，我不敢置信地大叫了出來。

「大新！」我終於，看到了大新。

他靜靜地坐在自己的辦公桌前，緊緊盯著螢幕，雙手放在鍵盤上，卻是一動也不動。

我迅速飄到他身邊，不停叫著他。

「大新、大新！」只不過他似乎不爲所動。

我回頭看了看秀娟，她卻是一臉茫然。

「秀娟……妳過來呀！他就是大新！」我高興地叫著，但是秀娟卻站在原地一動也不動地看著我。

我來回看了幾次秀娟，她依舊站在原地。

我這時才感覺到怪異。

「秀娟，怎麼了？」

「小新，我……看不見……我看不見大新……」秀娟的話讓我有點驚訝。

我從來沒想過會有這種事情發生。我一直認爲，我和秀娟的頻率幾乎吻合，而我和大新又是多年的戀人，想必一定也是頻率相通的靈魂。由此推論，他們兩人在某些地方應該也是互通的才對，只是沒想到，從秀娟的角度看來，大新竟然如空氣般透明。

不過這時秀娟還是飄回了我身邊。

「大新……就坐在這邊嗎？」秀娟問。

「嗯……不過他似乎看不到我……也聽不到任何外界的聲音。好像……停格在這裡……」我說，帶著點著急。

「小新妳說……大新成爲植物人已經半年多了是嗎？」

「嗯……」

秀娟在我身邊繞著圈子飄移著。

「這樣的話，我想他是在出車禍的瞬間，靈魂就來到了這個他最愛的地方……然後一直以爲自己還在上班。只不過……他的靈魂應該是出了些問題……使得他停格在記憶中的某一秒了……」

「那怎麼辦？」我依舊著急。

「……原來如此……」秀娟若有所悟地說著：「也許就是因爲這樣，他才沒有被那股力量當做死去的靈魂，才能逃過被收集去轉世！」

「秀娟……那現在怎麼辦呢？」我不想再聽秀娟分析下去，因爲我來的目的只是要將大新帶回。

「……我想……應該要試著讓他的記憶……或者說這個停格的靈魂繼續往下行動。嗯……試著說一些與公司相關、會讓他有反應的話或事情看看！」

一聽到秀娟的話，我立刻回想，大新曾經和我說過什麼關於公司的事情。要命的是在這節骨眼，我卻什麼事都想不起來……

「……不行……我一片空白……」不知怎麼搞的，我這時候卻開始檢討自己，是否對大新的事情不夠感興趣，或是不夠專心聽他講話。

「……廣告公司的話……應該會有比稿之類的事吧？」秀娟提醒我。

「……大新……明天比稿的資料都準備好了沒？」我連忙模仿大新老闆維多的語氣，試圖讓他的靈魂可以繼續活動……

只不過大新似乎依舊卡在那瞬間的記憶當中。

「秀娟……怎麼辦？大新還是不動……」我越來越著急。

秀娟則是在我身邊飄移著轉圈圈。

「……他的職稱、英文名字、他在公司的綽號、他在公司最怕的人……」秀娟一股腦地把她想到的全都丟了出來，而我一下子卻無法完全回應。

我呆滯了好幾秒之後，在腦中不停地將以前的記憶檔叫出來。

「Sean！大新叫做 Sean……Sean！」我靈光一閃，想到了大新的英文名字，興奮地重複大叫著。

這時候原本一直卡在座位上的大新，忽然緩緩地回過頭了。

「Yes！」大新本能地回覆著，並且與我四目相接，他看到我之後的眼神變得好溫柔。

「……小新？妳怎麼來公司了？」大新一臉不解地問。

而我堆積了半年的眼淚，被他這麼簡單的一句話，全數逼了出來……同一個時間內，我也難過地反省著自己，也許我從來沒體諒更沒去瞭解過大新的工作，就連他最愛的地方是辦公室、會有反應的稱呼是他的英文名字，我都得要秀娟提醒才知道，我真是失格的女朋友……

不過，不管怎麼樣，睽違了半年多的大新的聲音，我終於又能夠聽到了……

而且是靈魂與靈魂之間的對話……

第21話 三人行

我看著大新，一時之間竟說不出話來。

「怎麼樣，他有動靜嗎？」看不到大新的秀娟只能在一旁乾著急。

「嗯，動了！動了！秀娟……謝謝妳！」我眞的很感激秀娟，因爲要不是有她，我這一趟不會這麼順利找到大新。

大新轉過頭，朝著我的視線方向看去。

「秀娟？小新，妳在和誰說話呀？」大新一臉不解。

我這才想起來他們兩人看不到彼此，但是此刻我也不知道要如何向大新解釋。

「這……沒有啦……我有時間再慢慢跟你說。大新，我們回家好嗎？」我心裡

想的，只希望大新趕緊回到他的身體裡。

「回家？我在上班耶，跟妳說過幾次了，工作對我很重要，妳現在還跑來公司找我，不知道這樣我很爲難嗎？」大新有點不悅，而我也從他的話裡了解到，他果然還不知道自己目前的情況。

難怪植物人很難甦醒，因爲有可能陷入了自己執著的記憶停格中。

我想了想，而秀娟正在一旁觀賞我的獨角戲。

「大新，你看！」我讓身子往上飄，讓大新不得不抬頭看我。

「……這是怎樣？妳吊鋼絲？」大新這時的臉色有點變了，他也發現了事情似乎與他想像中的有點不同。

「大新，你試著走出辦公室看看。」我俯視著大新。

大新打算讓身子站起來，但是卻仍然在原地動也不動，這時他的臉上露出了非常驚訝的表情，而我相當清楚這個過程，因爲我都經歷過。

「……你心中想著『往上』看看。」大新半信半疑，但沒多久他一臉驚慌地冉冉升空，飄到了我的身邊。

「這是……怎麼一回事？」大新看著自己半透明的手腳，慌了。

「……我的三十歲生日……記得嗎？」我試圖讓大新回憶起發生過的事情。

大新一個人佇立在半空中，眼神流轉，似乎在回憶什麼。臉上的表情閃爍變化，時而看看我、時而看看自己。過了一陣子後，從他臉上露出的神色看來，似乎已經想起了一切。

「……我……出了車禍，對吧……？」大新問。

「嗯……」

「所以……我死了？」大新的臉色非常難看。

「……沒有……你只是變成了植物人……」我說。

「那妳……又爲什麼？」大新看著我。

「爲了來找你回去……」

大新的神色依舊一副不可置信的樣子，這時候，稍早在儲物室裡「辦事」的男女走了出來。

大新發現他們兩人完全看不到自己的時候，似乎才漸漸相信了我說的事。

「……我這情況多久了？」大新盯著剛走出來的男同事問我。

「半年多了……」

「才半年多……就……」大新喃喃自語著。

我看著大新，心裡盡是不捨。

「大新，我們走吧！回家吧！你媽還在等你呢！」我試圖牽起大新的手，只不過卻依舊是兩團交錯的影子。

大新隨著我緩緩降落在秀娟身邊，爲了不讓事情複雜化，我決定不介紹他們兩人認識，不需要讓大新聽那一堆複雜的理論。

我看了秀娟一眼，她點了點頭，立刻就知道我的想法。

於是我們三個人一起飄出了大新的辦公室，只不過從大新的角度看來，只有我和他兩人；但從秀娟的角度看來，只有她和我而已……

這感覺，還眞像是複雜的三角關係，彼此不知道第三者的存在。途中，大新一人走在前面，我和秀娟在後面跟著。

「然後呢？小新，你們接下來打算怎麼樣？」秀娟問。

「我想要趕緊帶大新去醫院，如果他的靈魂可以順利回到他的身體，我……我就可以心滿意足地回去了……」

秀娟像是想到了我和她就要分開，忽然腳步停了下來。

「……這個，給妳……」秀娟不知道從哪裡拿出了一支紙手機，打算將它交給我。

「ㄟ……這個不是妳媽燒給妳的嗎？妳留著吧！」我笑著。然而秀娟卻突然變出了第二支手機，笑著跟我說。

「我上次託夢……就是請我媽……再燒一支給我，本來就是想要和妳一人一支的……」秀娟講得有點小聲，但我很明確知道她的心意。

這時我也意識到要分開的氣氛，心中十分不捨，卻又希望不要如此悲傷。

「……喂喂……請問秀娟在嗎？」我假裝拿起手機與秀娟通話，但她似乎沒有心情和我胡鬧。

「……喂……秀娟不在唷！請妳……下次……再打！」秀娟將手機拿離開了臉龐，然後輕飄飄湊到我身邊，靠得很近、很近……

我搞不清楚她這突如其來的舉動有什麼涵義。說穿了，這就只不過是我和她兩團能量、兩團影子交錯著而已。

我沒有任何實質上的感覺，但是心裡卻有很強烈的感受。我可以體會出，秀娟對於即將要分開的我們，心中感到萬般不捨。

走在前面的大新這時回過頭來看著我。

「小新，妳在幹嘛？不是要走了嗎？」因爲大新看不到秀娟，所以當他回頭看我的時候，就只看到我一個人飄浮在路中央發呆著。

被大新一叫，我才回過頭。

我的身子微微地離開了秀娟，看著大新、再看著秀娟。我其實也不想離開她，只不過，這一趟的目的就是要將大新帶回去，而現在，只缺臨門一腳。

「來了！」

我的手與秀娟的手重疊著，這時我緩緩往前飄去，就像是原本緊握住的雙手，在這個時候，鬆開……

我想回頭再看一眼秀娟，卻在那一瞬間，沒了影子……

第22話

死亡的真諦

和秀娟分開之後，不知道爲何我的心中充滿了不安。

明明沒有肉體的我，從這個時間點開始，卻覺得自己的胃似乎痛了起來，當然大新完全沒有察覺。

大新一路往前飄，沿途上沒有半點想要與我交談的意圖。

我緊緊跟在他身邊，只希望早一點飄至醫院，可以早一點結束這一切。

我心裡想著，如果可以這麼順利結束的話，那我還眞不懂爲什麼林醫師的檔案裡面所寫的失敗案例如此之多。

難道說，回到醫院以後還會有什麼事情發生嗎？

就在我思考途中，我們已經到達了天母的醫院，我們兩人停在醫院外面。

「我的身體就在裡面嗎？」大新說。

「嗯……」我嘴巴雖然回答著，但是不知為何，竟然覺得醫院和我之前過來的時候，有種很不一樣的感覺。

「不走嗎？妳不帶路我哪知道是哪一間呀！」

自從找到大新之後，覺得他對我總沒有好口氣，我將那份感覺歸咎於自己的多心。

「走，往這邊……」我帶著大新，一路往醫院的大廳飄。途中，他忽然大叫。

「這是什麼？」我轉頭一看，看見大新的手上蔓延起小黑影！果然當他的靈魂開始活動後，就會被「那股力量」當作是一般的靈魂，開始獵殺了。

「大新，快走！」我大喊著要大新跟著我，好在他反應快，立刻脫離了黑影，只不過，當我們兩人穿越了某個房間後，才發現誤闖了醫院的停屍間。

我這才想起之前來的時候，完全看不到半個頻率相近的靈魂，實在太不可思議了，畢竟在醫院往生的人何其多，怎麼可能會沒有半個與我頻率相近的靈魂呢？

然而這時候，我完全理解了。

因爲此刻，我看到了至少兩百個以上的靈魂，有的清晰、有的模糊、有的根本只有輪廓。

我看傻了，大新也傻了。

「怎麼會……這麼多……鬼魂？」我從大新的臉色看來，他看到的數量，似乎比我看到的還要多。

就在我們驚訝之餘，有數個靈魂分別從四面牆穿了進來！其中有一個靈魂的五官，我看得比較清楚，我可以判斷他們和我們一樣，是剛才在外面受到了驚嚇，才被逼進到這間停屍間內的。

而我，有非常不好的預感。

「大新……我們快出去！快走！」我急著要大新加快速度。

「不……外面有那個黑影……」看來大新已經被剛才的黑影嚇到了。

我看著停屍間內滿坑滿谷的靈魂，心想這不就如同我在處理圖檔一樣，如果要一次將所有的檔案格式化，最好的方法就是把它們通通放進一個資料夾中，一個動作就可以完成了。

我心中的念頭還沒有結束，就看到了停屍間內一片類似漁網的漫天黑影，從天花板很迅速的降下。

一些才剛飄進來、浮在半空中的靈魂，還沒回過神就已經在兩秒內被黑影給包圍，瞬間消逝。一轉眼，原本兩百多個靈魂，只剩下了一半。

我確信『那股力量』是有思考能力的！

「大新，快走呀！不然就回不去了！」我驚慌地叫著，後悔起剛才因爲怕麻煩沒和大新說太多，以致於沒有告訴他要怎麼樣才做得到靈魂的能量轉移。如果是和秀娟的話，早在一瞬間內早就可以脫離了。

「我沒辦法動啊……」大新的右腳右手，已被黑影以迅雷不及掩耳的速度籠罩住。而難以想像的是，這片黑影的威力顯然比在外面碰到的小黑影要來的強烈許多。

我用手想揮掉大新右半身的黑影，沒想到它卻迅速地在我身上蔓延擴散。我心中這時感到了眞正的恐懼，當初所思考過的眞正的死亡，應該就是這樣，靈魂雖然依舊，但記憶什麼的在這之後一切都會消失。

大新右半身的黑影轉移到了我身上；但是大新的雙腿，卻被另外一團給籠罩。在這個生死交關的時刻，意識到我還有那支紙糊的手機，腦海中浮現的盡是秀娟的臉。

「秀娟……」這時黑影已經幾乎覆蓋住我全身，而我，已經瀕臨放棄邊緣。就在這一瞬間，秀娟清晰的五官出現在我的眼前……我睜大了眼。

「秀娟！」我大叫。

秀娟一手揮去我身上的黑影，同時張開她的雙手包覆住周圍的黑影，這個舉動使得原本在我和大新身上的一團黑，全數轉移到她身上。

「……紙糊的手機有用唷！我聽到了。」秀娟看著我，面帶笑意地說完最後一句話後，我就眼睜睜看著她，整個人被黑影吞噬了。我驚訝地完全無法自己，而這時大新大喊了一聲，我只能失神聽著他的指揮。

「快走！」我們兩人都擺脫了黑影的糾纏後，迅速地穿過停屍間、穿過電梯，飛離出了醫院，頭也不回地。

我的手上還握著那支手機，我知道，那是沒用的。秀娟之所以會出現是因爲她聽到了我的呼喊，兩個頻率如此接近之人，就連不說話、就連在遠處，也可以聽到對方心中的叫聲，就像雙胞胎一樣。

沿路飛離了醫院，我人雖然在大新身邊，但是滿腦子想的都是這段期間內和秀娟相處的一切。

我感覺自己在流淚……

但是大新依舊拼了命往前衝；

我感覺自己錯過了最美的事物……
但是大新依舊拼了命地往前衝；
我感覺到這趟旅程背後的意義……
但是大新依舊拼了命地……拼了命地……

第23話

當你沒有了靈魂

跟著大新一路衝、一路衝，兩個人最後不知道身處何處了。

這時他停了下來，面無表情轉頭對著我說。

「……秀娟……到底是誰？剛才是她救了我們？」

「嗯……」我微微點頭，並不想多說。

大新看著一片荒涼的馬路，感到不解。

「現在，怎麼辦？」

「……我們等一陣子吧，我記得我上次去醫院的時候，沒有遇到這樣的情況……等到『那股力量』消失後，我們再回去找你的身體。」

「『那股力量』？」大新問。

我只好一五一十將在這個世界所遇到的事、所理解的情況，詳細地告訴他。

「所以在……我出車禍的瞬間，我的靈魂就到了公司？」大新說。

「對，那是你潛意識中最愛的地方……」

大新停頓了一下，想了想。

「那這半年內……有誰去看過我？」大新問。

「……你家人……和我……」

「就這樣嗎？」

「嗯……」我不知道大新還想聽到誰去看他，但從他目前的態度看來，他完全不想過問我這半年來所受的折磨及狀況。

「……都怪妳！如果妳當天沒有要我去找妳的話，根本就不會發生這樣的事情！」大新有點不悅。

「……我沒有要你立刻過來！」聽他這樣說，我的口氣也逐漸不耐煩。

「妳是說是我自己硬要過去，然後發生車禍是我活該，是嗎？」

我並不想多做回應，因爲這半年多來，我也是如此認爲。是我讓大新發生那場車禍。是我任性，當晚他明明要加班，但我執意要他來找我，逼得他只能騎快車過來，否則這個意外根本不會發生……

然而，這個罪惡感，已經緊掐著我脖子半年多了。大新，你沒必要再加重力道了……

沒想到，大新接下來說的話，直接讓我崩潰了。

「……這樣的話，這半年妳應該很爽吧？想跟誰約會去玩都可以，反正，我一直在沉睡中。」大新說得一派輕鬆。

「……大新……不要用這種口吻對我說話……」也許我沒有了肉體，憤怒無法透過臉部肌肉傳達，但是我知道我的脾氣已經到了臨界點。

回想著這半年來，我過著什麼樣的生活，甚至爲了他自殺、爲了他來到這個空間，沒想到見到面後，他對我的態度，卻是如此……

「不是嗎?有沒有和男人出去妳自己心知肚明,不需要表現得這麼委屈。」

我,終於抓狂。

「葉維新!在你失去意識之後,我幾乎每天在醫院照顧你到三更半夜,就是擔心你醒來的時候會需要我在身邊;你根本不瞭解,爲了你,我把所有年假用盡、推掉所有同事的邀約,就只爲了能守在你身邊;我甚至內疚到割腕自殺,甚至像現在冒著生命危險,利用靈魂出竅就只爲了帶你回去!而你現在竟然這樣說我?你怎麼可以說這種話!」

我相信靈魂是沒有眼淚的,可是我眞的哭了。哭得很悽慘,像個小孩子般。

而大新,終於住嘴了。

大新雙手扶住我的肩膀,讓我看著他。

「對不起……小新……我可能……太久沒和人說話了……」大新說。

我想要抱大新,但是依舊是虛影。兩個人影狀似交疊,實際上根本是兩條沒有交集的靈魂。

「……所以在我躺在醫院時，妳都是這樣過的嗎？」大新說。

我的情緒逐漸平復下來。

「……當你沒有了靈魂，我的生活中，卻只剩下靈魂……我感受不到自己肉體的存在、我不知道我該依附在誰身上……當你沒有了靈魂，我知道就算我拋棄自己的肉體也無所謂，因為，我只希望和你在一起……所以……現在我才會在這裡……」

「妳太冒險了！如果真的回不去怎麼辦？」大新這句話，終於讓我感受到一絲他的溫柔。

「回不去就回不去！如果真的是這樣，我們兩條靈魂就在這裡度……過沒有時間概念的日子，不也是另外一種天長地久？」

大新看著我。

「傻瓜……我們一定回得去！等到我們回去之後，一起去聽 T&D 的演唱會，然後……回東海一趟，像當年一樣把夜市吃一輪、然後去海邊……一起出國、去我們以前說過想去卻還沒有去成的地方！」

不知道爲什麼，當大新說這些話的時候，我心中想的盡是秀娟……………

「我們去買一棟古堡，就像妳老闆他家一樣，有騎士盔甲、有迴廊、有英式大門……然後要養小狗……」大新不停地說著，說著我們以前曾經聊過的夢想、曾經去過的地方，好像是要彌補這半年來不在我身邊的遺憾。

只不過，不知道怎麼地，我的心卻飛得很遠……

腦海中不停閃過京都的古廟、倫敦的雪景……

當大新沒有了靈魂的時候，我也失魂落魄；在我找到了大新的靈魂之後，我卻心不在此處……

也許，只是因爲身處這個空間，才會讓我覺得整個事情不太對勁吧……

只不過在我心中的某個角落，卻也察覺了，不光只是空間的問題……

第24話

當你沒有了身體

「小新、小新，妳有在聽我說話嗎？」我回過了神，才發現大新還在說著那些我們曾經講過的夢想與願望。

「有呀、我在聽……」我有點尷尬，忽然有種『似曾相識』的感受。就好像以前粽子和我說話時，我腦中的斷片記憶使我恍神，可是現在我眼前的是大新，怎麼我也無法專心呢？

「那……我剛才聽妳說過，可以用能量轉移去我們想去的地方，對嗎？」大新說。

我點點頭。

「那我們回去台中看看好嗎?反正現在回醫院也是危險,不如用這種型態去走走吧,一定很有意思!」

我點點頭。

「那麼大新,你想要先回哪裡……呢?」我心中默想著的是我們第一次見面的電腦教室,而大新很專注地看著我。

「我猜……妳一定想要先去……夜市?對吧?哈哈!」大新一臉自信,讓我不想澆他冷水。

我擠出笑容大聲回應。

「對呀!那……我們走吧!」話一說完,我眼前再度出現了七彩繽紛的光束,一瞬間我就來到了夜市,愛玉冰的攤販前。

只不過我左顧右盼,怎麼都沒看到大新的影子。

不知怎地,我心中有一片陰影籠罩著,就是開心不起來。我站在原地,動也不動。過了半小時後,才看到大新迎面飄過來。

「原來妳在這攤呀！我還想說我們之前最愛吃的是鹹酥雞！」大新回到我身邊，看起來很開心。

我卻只是微笑著。

隨後我們在夜市裡面飄著，然後去了學校的操場邊、去了學校旁的漫畫店，最後大新提議去一個他最想去看的地方。

說來奇妙，和大新舊地重遊的路徑與之前帶秀娟來的路線完全不同。

而最後的地點我大概猜得到──那家汽車旅館，那個我們第一次發生關係的房間。

這次房間內是空的。

我和大新兩人「平躺」在床上。

「妳還記得我們第一次在這邊做的時候嗎？當初妳好緊張。」

我笑而不答。

著。

「後來我們幾乎每次都來這間，因爲這家旅館便宜……又隱密。」

大新作勢要親我，伸出手想要撫摸我的胸部、私處。

我則是動都不動，因爲根本只是幻影。兩個觸碰不到的能量，在空間中交錯著。

「我們……那時候……一個晚上……做過五次耶，小新，妳記得嗎？」

「嗯……」我含糊回應著。

我可以想像，如果這時候我們有肉體的話，大新的手一定已經搭過來在我身上游移；而他的嘴唇也會立刻貼上來，在我的耳朵、頸子、背部開始肆虐。我知道，我會因此產生快感，對大新的愛意也會因此加深。

我甚至回想起以前大大小小的爭吵，也都在這間房內，但都在做完之後，失去了對錯、忘了爲什麼而吵。

然而今天，大新沒有了身體，我也感受不到半點甜蜜……

「等到我們回去之後……我一定要好好……和妳……」大新依舊作勢親吻我、

擁抱我、挑逗我，只不過在這空間內，一切都是那麼沒有意義……

我起了身。

「大新，我想散步，我們去散步好嗎？」

大新有點錯愕，不過隨即回復了平靜。

「好呀！我知道妳最喜歡去散步的地方是……是……」大新用力地想回著，但我知道他從來就不記得我喜歡吃的東西、喜歡去的地方、喜歡做的事情。

「天母……」我說。

大新一聽我說天母，臉沉了下來。

「我們才剛逃離那裡，還要冒險回去嗎？」

「回去散散步，等到明天下午我們再回醫院試一次。」我說。

大新看起來似乎有點恐懼。

「回不回醫院再說……我們可以先去天母散步。」大新也起了身子。

我看著大新，忽然覺得他的影像稍不清楚了起來，有點像是看第四台的時候，收訊受到了干擾。

「怎麼了？」大新看我揉了揉眼睛問著。

「沒事……我們走吧！」

瞬間，我們再度回到了天母，而那是我和秀娟在這個空間內相遇的地點。

我和大新在忠誠路上走著，記得這曾經是我最喜歡散步的路線之一，因為走在路上，大新高俊的外型總是會吸引許多羨慕的眼光。我無法否認那是和他在一起時，除了做愛之外，第二大的強烈感受。

然而，當大新沒有了身體之後，我們兩條靈魂比路旁的野狗還不如，沒有人注意、沒有任何眼光，有的只是小狗偶爾的叫聲。

我想起了先前自己說過的話。

「就算是和大新兩條靈魂在這個空間生活，也是另類的天長地久……」

漸漸地，我想要校正自己的感覺；漸漸地，了解到自己的錯誤認知，取而代之的是無間地獄的定義，一種無法輪迴、沒有時間的折磨。

大新，當你沒有了身體，我竟然不知道怎麼和你相處……

也許，這是這趟旅程背後，隱藏的最大意義……

第25話 回程

在天母的時間過得很快，因爲大新根本不了解何謂散步。

我們兩人很快速地飄完了天母的巷弄，然後任由時間走到了隔天白晝。很幸運地，這段時間內並沒有看到「那股力量」的蹤跡。

雖然我心裡一直掛念著秀娟，但是畢竟我很清楚大新才是我目前爲止生命中的目的，因此，我說服自己，盡量溝通、盡量讓我們兩人回復以前的感覺。

我想起了要和大新分享的話題。

「大新，我在你們辦公室時有看到安姬唷！」這時候的我們，正飄浮在百貨公司的頂樓。

「上班時間看到也正常吧。」大新不以爲意。

「不只那樣啦，你知道我看到她在幹嘛嗎?她在儲物室裡和一個男人在做！」

大新面無表情，似乎對這八卦有點不太感興趣。

「……怎麼，你本來就知道嗎？」我問。

「……算吧……」大新飄離了屋頂，似乎覺得聊這個很無趣。

我只好轉移話題。

「大新……我們……再回醫院試一次吧……」我很擔心大新被上次的事情嚇到，喪失鬥志。沒想到這時候的他，意志倒是很堅定。

「好！我們走！」

於是我們兩人再度回到醫院門口。

看著醫院，之前的恐懼可以說是餘悸猶存。

「總之，躲過上次的地方跟著我直接衝就對了！」我說。

「嗯！」

兩條靈魂，很快速地一路衝進大廳、衝上樓梯、穿越了一間又一間的病房，這次沒有任何阻礙，我們直接到了１０２６號病房。

「葉維新」的名牌依舊掛在床頭，而大新的側臉，俊美依舊。

大新看著自己的身體，竟然有點傻了。

「眞的……唉……沒想到我在這邊躺了半年多……」大新忽然想起某件事。

「那妳呢？我的身體在這邊，那妳的身體呢？」

「在這附近的某個地方，等你回到自己身體後，我就會回去的。」

大新的影像在這時忽然越來越不清楚了，而且似乎有股力量在拉扯他。

「……怎麼了？是『那股力量』嗎？」我驚喊著。

「……不是，我覺得……是我的身體……在拉我。」大新看著自己逐漸變形的靈魂，驚訝地說著。

「……那就回去吧！我們……到時候見。」我說。

大新微笑地看著我。

「好，到時候……」最後一個字沒來得及說完，大新的靈魂就被吸進了他的身體，兩秒後，我已經看不到他的靈魂。

這時的我並沒有急著離開，反而靜靜站在大新旁邊，看著他接下來的反應。時間，一分一秒過去，也不知道過了多久，我看到大新的眼睛緩緩地，張開。

大新看著天花板，一動也不動，但我知道，他已經回去了。

我高興地幾乎流下了眼淚。

這一趟的目的終於達成！我移動著自己的靈魂，朝林醫師的研究室飄去。研究室裡面沒有人，而我的身體還是安靜地躺著。

看著自己的身體，再看看手上的紙手機。這一趟真的讓我體會了許多事情，當然，更重要的是讓我認識了秀娟這位好朋友。只可惜，永遠，都不會再見面了……

這時我也感覺到了自己身體的吸力，就像剛才大新的情況一樣，我隨著吸引力移動，感覺自己的靈魂回到了軀殼中……

不知道過了多久，我睜開了眼睛，看見林醫師正在電腦桌前記錄著。我起了身，對著他叫了一句。

「我回來了。」

林醫師被我突如其來的聲音，嚇得從電腦桌前跌了下來，我想他萬萬沒料到我可以回來，而且是在這麼短的時間內。

林醫師扶了下自己的眼鏡，像怕自己沒看清楚似地，嘴巴越張越大。

「唐小姐？唐小姐！妳回來了？也就是說我的實驗……成功了！耶……耶！」林醫師高興地跳了起來，一點也不穩重地大呼小叫。

我也是很開心地笑著。

冷靜過後，林醫師幫我測了一下身體的各項數據，確認無礙之後，他急得想要問那個世界的情況，以及這趟經歷的過程如何。

而我，卻什麼都忘了。

「什麼?妳都記不起來了?」林醫師幾乎是用喊的。

我很用力地想要回想，但是那感覺就像是做夢，你知道你做了一場夢，但是常常睡醒就記不得了。

「妳再想想，再想想，隨便什麼都好……」林醫師急迫地催促著我。

我用盡了力氣去回想腦中曾經有過的記憶，好不容易才緩緩吐出一個名字。

「秀娟……」我一講出這名字後，心裡覺得好難過。但是，不管是秀娟的臉或是和她經歷過的事，我都無從回憶起。

林醫師也束手無策。

「看來，只能證明我這項實驗成功，但是卻無法紀錄任何事情……」

「林醫師，既然我可以回來，搞不好你也可以自己去試試看呀!」我開玩笑說。不過林醫師看起來是不敢自己去嘗試。

結束了和林醫師的對話之後，我心裡只想要趕緊去找大新，因爲就算我忘記了所有的事情，但是這項實驗證明我回來了，也就證明了，我在那個世界肯定有找回大新。

一想到這，我的心情好到不行，因爲我又可以和他漫步在衆人面前了。

第26話

有何差別

離開林醫師的研究室之後，我回到家中睡了兩天一夜。

也不知道是靈魂重新回到身體後特別需要時間磨合，還是我真的太缺乏睡眠了。

不管怎麼說，再回到肉體的感覺實在出乎意料地有精神，用比較通俗的說法，那感覺就像是，我重生了。

起床後的第一件事情，就是趕到醫院，只是我卻撲了個空。

「葉維新已經出院了喔！他恢復意識後的隔天，家人就把他帶走了……」護士說。

也太快了吧！

我趕緊打了電話到大新家裡去。

「葉媽媽，我是小新，聽說大新醒了對嗎？」我語氣顯得非常開心。

「對，只是他現在需要休息。小新，過一陣子再來找他好嗎？」葉媽媽說得不留空間，我只好掛掉電話。

只不過，我心想只要大新恢復了，不管怎樣我都覺得很棒！於是我抱著最愉悅的心情準備回出版社，我上班的地方。

站在公司門口往裡看，大致上沒有什麼改變，只不過周遭的氣氛怎麼好像怪怪的。

我看見了一、兩個神情詭異的中年男子不停往公司裡看，其中一人似乎還拿著長鏡頭相機。

不過這種怪異感，很快就被久別重逢的喜悅給掩蓋。

因爲一走進辦公室，我就看到了甜姐。

「小新，妳回來了！」甜姐立刻熱情地從座位上站了起來，但是我卻發現甜姐瘦得不像話，至少比我印象中少了十公斤以上。

我緊緊抱住了她。

「甜姐，妳好嗎？怎麼瘦了這麼多？」我摸著甜姐的臉頰，充滿不捨。

「沒事沒事，妳回來就好了。怎樣，這趟旅程好玩嗎？」甜姐似乎不想談論她自己。

「ㄟ……好玩、好玩！我到底去了多久呀？」坦白講醒過來之後，我都沒有看過日曆。

「妳眞是玩瘋了喔！妳都去了一個多月了……」甜姐的話還眞嚇到我了，因爲我並不覺得自己離開身體這麼久。

「哇，我還眞是玩到忘了時間呢！甜姐，我們等等聊，我先去找一下格林。」

就在我要從甜姐辦公桌走到格林辦公室時，我看到了粽子。

粽子顯然從我一進辦公室就看到我了，今天是那件事情之後，我們兩個第一次見到對方。

粽子急忙將眼光移開，而我則是沉浸在大新回來的喜悅之中，早就將那件事情拋至腦後了。

一路走到了格林辦公室外，隔著玻璃門我看到了格林的老婆幸兒，她今天也進公司了。

格林隔著玻璃門看到了我，大叫：

「小新、小新！妳終於回來了……」格林連忙上前開門把我帶進辦公室。這時幸兒也看到我了。

「小新，妳看起來氣色好好唷！終於回來了，格林一直念著妳這個大將呀！」

幸兒開心地過來握住了我的手，我高興地看著兩人，心中滿是喜悅。

「我回來了，不會再請假了，對不起，老闆讓你擔心了……」

格林看著我，似乎沒想到我會這麼客氣，愣了一愣之後，大笑。

「哈哈哈，我們小新好像變得更成熟了……這一趟出去，有幫助、太有幫助了！」

寒暄過後，我回到了自己的座位。看起來，這個我熟悉的環境似乎沒有什麼改變，只不過，我和之前比起來，自己的心態真可以說是天壤之別。

打字聲、傳真機的聲音、偶爾響起的電話聲、格林的笑聲、甜姐的手臂……可以重新回到充滿生活軌跡的世界，感覺真是太好了。

我感謝老天，讓我回到這裡！

雖然，我似乎忘記了什麼……

回到公司之後，繁重的工作壓得我必須全心投入才行，然而一個禮拜過去了，竟然都沒有半點大新的消息。

我打去他家，沒有人接，他以前的手機似乎也已經停用了，我猜他還在休息。

這天下午，我心血來潮打電話去大新的公司。

「請問葉維新在嗎？」接電話的應該是總機小姐。

「他在開會，請問要幫您留話嗎？」

「呃……沒關係，我晚點再打……」聽到總機小姐的答案，我有點傻眼了。原來，大新開始上班了。都已經過了一個多禮拜，他並沒有主動打電話給我，而我卻還是在開心著，想像可以和他回復到車禍以前的生活。

是的，這的確是以前的生活，是大新尚未醒來以前，我的生活。

一個人上班、一個人下班、獨自開心，然後獨自難過。我問著自己，究竟冒著生命危險到另外一個世界將大新找回來的意義何在？差別何在？

隔壁的甜姐這時候拿著菜單過來。

「小新，妳要不要喝茶？妳不在的時候，旁邊開了一家新的店，味道很好……好……好……好……好……」

累格了。

大新回來了，我也回來了。但是，卻還是一樣累格了。

大新的臉在我腦海中浮現，又是斷片的記憶。

「跟妳說過幾次了，不要管人家學妹的事情，男女朋友之間的問題，旁人介入就是多管閒事。到時候人家又復合，妳就只會被罵而已！」大新說。

「可是那是我學妹呀！怎麼可以說是多管閒事呢？」我反駁。

「妳要學點教訓啦！妳幫了忙，但事過境遷後卻連一句謝謝也沒有，就表示人家覺得妳多管閒事。像這種人，就不需要當自己人了。」大新的結論。

「小新?下午茶?」我看到甜姐了，我回到現實了。

「好呀，我也來一杯吧！」

看著菜單上琳瑯滿目的品項，我久久，下不了決定。

大新，所以，這次也是我多管閒事嗎……?

第27話

再見三好

約莫傍晚時刻，我打算再撥通電話給大新。我無法忍受我們的關係，竟在他恢復健康後還是如此。

經過總機轉接，我終於，聽到了大新的聲音。

「ＸＸ廣告您好，我是Sean。」大新的聲音聽起來好有精神。

這是我從那個世界回來後，第一次聽到他的聲音，也確認了他是眞眞切切回到了這個世界。

我哽咽得說不出話來。

「……您好，請問需要什麼服務嗎？」大新依舊非常客氣。

「……大新……」我擠了半天，終於叫出他的名字。

「小新……妳找我？」瞬間，大新的語氣變得非常陌生。

「嗯……你復原之後……怎麼……都不找我呢？」我其實已經哭了。

「喔，工作比較忙……」大新聽起來並不太想和我說話。而我心裡想著，你難道不知道是我將你帶回來的嗎？雖然我自己也忘記了那段時間發生過的事情了……

「有空嗎？可以見個面嗎？」我說。

「嗯……最近比較忙……等我有時間再打給妳，好嗎？」大新似乎並不急著見我。現在看來，回歸現實之後，我在他心中並不是優先順位。

「好……」我掛了電話，眼淚，持續不聽話地掉著。

已經淡了……我心知肚明，大新對我已經淡了……

我擦拭著眼淚，此時有雙手冷不防地遞了一條手帕給我。

抬起頭，看見了粽子。

「謝謝……」我接過了粽子的手帕，趕緊將淚痕擦乾。

「妳回來後，我一直沒有跟妳說過話……」粽子看起來，帶著點畏縮。

「嗯，別在意，沒事。」我已經恢復平靜。

粽子不停搓著雙手。

「我想跟妳道歉。那一天晚上，是我不對……」粽子的頭很低。

其實我已經忘掉那件事了，應該說無論如何，粽子的事情都不會是我心裡重要事情排行榜的前幾名。

「沒關係，都已經過了……其實我也有不對，因爲三好過世，讓我的心情很不好，才會有那麼奇怪的舉動，反而讓你揹黑鍋了，不好意思……」

粽子聽完整個表情開朗了起來，心中的大石頭，現在一股腦地卸了下來。

「謝謝……小新妳這句話讓我如釋重負……」粽子高興地接著說：「對了，妳想不想去給三好上個香呢？畢竟，我們原本要跟他合作的……」

我想了想，覺得粽子難得提出了好建議。

「好呀！我想去……」

「嗯嗯，明天是週末，那我們明天一早去吧！」粽子笑著說。

隔天上午，粽子開著車載我來到了台北郊區山上的某處公墓。

「應該是這邊了……」停好車後，我們兩個走了進去，這裡是靈骨塔。

「你知道位置在哪嗎？」塔內有著成千上萬個骨灰罈，井然有序地排列著，一時間還眞是不知道從何找起。

「啊對！甜姐有給我編號。」粽子從口袋中拿出了一張紙，上面寫著英文與數字並列的號碼。

「……XZ12556……」粽子一邊確認編號、一邊核對牆上的英文數字。

「……Y……X……這邊……C……D……」粽子一路找，而我卻自顧自地四處晃著。

看著這樣的地方，心裡面想著，我前陣子才剛脫離了靈魂的型態，恢復到正常的身體，如果現在也是靈魂型態的話，搞不好可以在這裡看到很多鬼魂了。

聽著山裡的蟬鳴鳥叫，不自覺已過了十分鐘，我回頭看發現粽子還沒找到正確的塔位。

「到底找到了沒呀你？」我有點不耐煩。

粽子傻傻站在某個定點，看著壁櫃上方，一副已經找到的樣子。

「應該……就是上頭這個吧？」粽子看了一下四周，發現置放在一旁的梯子，於是我們合力將梯子搬了過來。我在下方穩住梯子，粽子則是戰戰兢兢地爬了上去。

戶外持續傳來蟬鳴鳥叫，只不過粽子爬上去後竟一句話也沒說。

「你到底找到了沒呀?你如果找不到，換我上去找吧！」我完全不耐煩了起來。

粽子站在梯子上，不吭一聲，又緩緩爬了下來。

「找到了是找到了，號碼也是對的，可是，那不是三好呀……」粽子說的話，莫名奇妙。如果甜姐給的塔位編號是正確的，那個骨灰罈，當然就是三好啊！

「給我！」我一把將粽子手上的紙條搶過來。「我自己上去看，你抓好！」

「……XZ12551……XZ12553……XZ12555……XZ12556……有了……」我很快地依據紙條上的號碼，找到了一代文學小說家三好的骨灰罈。

只不過，換我不說話了。

「小新……妳說……那是三好嗎？」粽子在下方喊著。

而我，盯著骨灰罈上面的名字及照片，我張大嘴巴，簡直說不出話了。

「……秀娟？」骨灰罈上面寫著的名字是劉秀娟，而那張照片上的人，對我來說竟然是那麼熟悉。我見過她，不但在格林家的門口，在那個世界裡，我也見過她，而且很熟悉……

「秀娟……就是三好嗎……」粽子在下面問著。

但是我無法回答。三好慣用男性角度，分析男女之間的感情，每個精闢的字句都深入女孩子的心裡。

沒有人說過她是男的或是女的，只不過，大家都認爲她是男的。
然而，三好，就是秀娟；而秀娟，是位女性。
我的腦中混亂無比。沒想到，三好，就是秀娟……

第28話

信物

我差點沒從梯子上摔了下來，只因爲這一切讓我小小的腦袋，快要無法承受。

「小新……妳沒事吧？」粽子在一旁擔心著我。但是我，卻覺得自己有一部分的記憶—和這個秀娟有關的記憶，一直無法復甦。

「沒事，只是……沒想到三好是個女的……」我強作鎮定，畢竟讓粽子知道我見過秀娟，也沒什麼益處。

「……對呀！眞沒想到三好大師竟然是女生！這樣看來，她最值得敬佩之處，並不是她的文字讓女性有感，而是她竟然能以男性的角度，將感情表達得如此纖細，並貼進女生的內心！」粽子說。

不知道怎麼地，看到秀娟的照片後，我的心情竟莫名沮喪了起來。

「粽子，我們趕緊拜一拜、趕緊走吧！我有點不舒服……」我說。

「喔。」

於是我和粽子很快地燒香拜拜並燒完紙錢，便準備離開這裡。

一上車，手機響了，粽子連忙接聽。

「喂喂？沒人說話？喂……喂？奇怪……」粽子沒好氣地掛斷電話，而我這時瞄到了粽子的手機。

那是水果品牌！我急忙把手機搶了過來。霎時間，那支手機像是有什麼力量般地刺激著我的大腦，讓我的記憶全部湧現出來。從我到林醫師的研究室，上了那台機器以後，以致於我靈魂出竅、遇到了秀娟，一起尋找大新，在那個世界裡面的所有記憶，我都想起來了！

「但是這手機……不會通呀……秀娟……」我這時都懂了。秀娟給我手機只是個信物，她知道我回來以後會忘掉，因此給我一個開關，一個恢復記憶的開關。

粽子看著我的表情像見到鬼一樣。

「這是我上個月才買的耶！怎麼可能有問題嘛！神經病……」粽子嘟囔著。

只不過，隨著記憶的復甦，我進而發現關於秀娟的一些事情，簡直疑點重重。

事發當天，明明粽子說她是上吊自殺的，可是，我清楚記得秀娟跟我說她是被謀殺的，而且是感情上面的問題。

我坐在粽子的車上，思考著這個疑點。

「粽子，三好自殺那天，你有進去她家裡嗎？」

粽子手握著方向盤，眼睛直直地看著前方。

「我還來不及進去呀！我到門口時，醫務人員就已經抬著擔架走出來，我只問了一句『發生什麼事了？』就聽到有人回『屋主自殺，上吊自殺。』接下來，我就打電話給妳了。」

這裡面一定有問題！秀娟不是那種會故弄玄虛的人。

「粽子，可以載我到一個地方嗎？」

粽子點頭。

一個小時後，我和粽子到了新店。

憑著印象找到了秀娟的家，那個我們曾經一起住過的地方。

「這裡是哪裡呀？」粽子邊嫌棄這裡偏僻落後，邊跟在我身邊。

而我走到了秀娟家門口，按了電鈴。

「哪位？」秀娟的母親，緩緩走了出來。

「伯母好，我是秀娟的朋友。」我和粽子向秀娟的母親點了點頭、打了聲招呼。

粽子聽了則是臉色一沉。

秀娟的母親眉頭深鎖，似乎正在打量著我。

「秀娟……沒有這樣的朋友。基本上，她不會帶朋友回來的……」秀娟的母親

打算將門關起時，我趕緊用手抓住大門。

「伯母，我眞的是秀娟的朋友！是她要我來的！」我情急之下，隨便講了個理由。

「小姐，妳講話要實在點，秀娟上個月已經走了……妳不要開死人的玩笑！……」

我看了看粽子，腦子裡面不停回想是否有什麼可以讓她母親相信我的事情。

「伯母，秀娟有託夢給我！她也有託夢給妳，對吧……」我講得很快。

「託夢……這妳也敢講？拜託……我老人家要休息了……」秀娟母親再度打算關門之際，我大聲的說著：

「她和我說過！她有託夢給妳……啊，她……要妳再多燒一支手機給她……對不對……」

秀娟的母親一聽，本來打算關門的手停了下來，取而代之的是滿臉驚訝，並用很詭異的眼光看著我。

「……妳是誰？妳……怎麼會知道？」

我趕緊趁著秀娟媽媽動搖時，進一步說明。

「是秀娟託夢給我、告訴我的，她還要我來這邊，到她房間拿些東西燒給她……」我說完後舔了舔嘴唇，可能是說謊話的關係，讓我的嘴唇有點乾。

秀娟的媽媽仍然不停用打量的眼光看著我，再看看粽子，三個人沉默了幾秒鐘。

「……進來吧，秀娟的房間在那裡……」秀娟的母親終於放下戒心。

「謝謝伯母……」我和粽子快速地進入她家，走進了她的房間。

粽子逮到機會，低聲問我。

「妳怎麼會認識秀娟?我們來這又是要幹嘛呀?」

我則是完全不理會粽子，一進房間我就開始尋找能夠拼湊出命案蛛絲馬跡的線索。我已經下定決心，我要幫秀娟找到兇手。

而且我很清楚在這件事完成之後，不會有人默不吭聲、不會有人覺得我是在多管閒事。

因爲，這個人，是秀娟。
是與我靈魂頻率相通的好朋友！

第29話 那是接吻

我開始在秀娟的房間裡，翻箱倒櫃找了起來。一旁的粽子則顯得一頭霧水。

「小新，妳可以告訴我，我們要找什麼嗎？我也可以幫忙妳找……」

我沒有回頭，依舊在拉開秀娟房內一個又一個的老舊抽屜。

「好呀，我們就是要找出和秀娟交往過的男性的資料，任何和她有關的男人，照片也好、信也好、什麼都好，幫我找出來……」

因爲是情殺的關係，所以不管怎麼說，我都得要先找出秀娟曾經和誰交往過的線索，找到對象之後，再從這個對象著手調查，是否有別的女朋友，這樣應該就可以推測出，是誰殺了秀娟。

「喔……」粽子聽完我說的話，愣了一下，立刻開始進行搜索工作。

我們一人一邊，將秀娟房間內的東西幾乎都找遍了，卻沒看到什麼可疑的資料，這時候粽子看到衣櫃上放著幾本類似相簿的東西，立刻爬上床去，取了下來。

「小新，是相簿耶！」我停下手邊正在翻閱的筆記，湊了過去，畢竟相簿應該最可能暗藏線索。

粽子從第一頁翻起，裡面除了有秀娟從小到大的成長照片之外，和別人的合照還眞是少得離譜。

「……ㄟ……是甜姐耶！」粽子指著比較近期的照片，可以想像是秀娟以三好的身分，和編輯甜姐拍了照。

只不過，看完了她和甜姐的合照之後，相簿就被粽子翻完了。

「沒了嗎？」我問。

粽子踮腳看了一下衣櫃上方說：「沒了。」

沒有任何和異性合拍的照片……照理說，交往時期應該也會有合照或者是對方的照片才對呀……

粽子不死心，又將秀娟的相簿從頭開始翻起。

「……不過……說起來秀娟……還眞是喜歡短頭髮造型呀！而且從小到大，都是穿褲子，從來沒有穿過裙子耶……眞男孩子氣。」

粽子的話，如雷灌頂，讓我的動作完全停止了。

「妳怎麼了？怎麼忽然不動了……不要嚇我呀！」粽子從背後搭著我的肩，而我恍然大悟地站了起來。

「那是個吻……她想……吻我……」我喃喃自語著。

粽子也站了起來。

「……妳在說什麼啦？誰想吻妳呀？」粽子的臉上充滿不可置信的表情。

「沒錯！那時候……秀娟想吻我！」我的記憶，飄回了那個空間。

那一天我正打算和大新回去醫院，秀娟拿出紙手機給我之後，將她的臉貼了過來，我們兩個人的身體就像重疊了一樣。事實上，當初我完全不明白那是個什麼樣的舉動，但是現在我懂了。

如果那時候，我們兩人都有身體的話，觸碰在一起的，是我和秀娟的嘴唇。

秀娟想要吻我！

秀娟喜歡女人！

我終於懂了！和她在一起的時候，那種心猿意馬的感覺；秀娟利用男性的角度寫出的三好的文章，爲什麼會那麼傳神；爲什麼我覺得除了和她頻率相通之外，還有著另外一層更特別的感覺。

如果是這樣的話，我要找的人，就不是個男人了。

是女人！

而剛剛整本相簿裡面，除了秀娟和她母親之外，與她合照又狀似親密的也就只有甜姐了。

我順手抽出了一張秀娟和甜姐的合照，放進了口袋中。

似乎，我慢慢了解那時候的事情。

如果說，秀娟生前交往的對象是甜姐的話，這也就可以解釋，爲什麼後來甜姐會與三好有摩擦了，也才會演變成我和粽子要去接三好的責任編輯。再者，我也可以體會，爲什麼那天晚上我在辦公室遇到甜姐時，她陷入斷片的狀態中，開著電腦螢幕，出神望著。

因爲秀娟死了……

甜姐和男友交往的過程中，常會抱怨的事情就是她有自己的私事，無法去男友家過夜。只不過，以我對秀娟的了解，她不會這樣要求女友才對，因此我可以藉此判斷，甜姐在與秀娟開始交往時，私底下已經有了另外一個交往的對象。

這事情理清楚後並不複雜，複雜的是，如果今天我不是曾經用靈魂的狀態去找過大新，可能這一切都沒有人會知道。大家都會認爲三好是自殺的，秀娟就會白白冤死；而甜姐搞不好現在還是和男友交往著，也不知道是這個男人親手殺死秀娟……

一想到這，我又想起了秀娟當時對我說過的話：

「妳來到這邊，應該是有不同的意義的吧！除了要帶大新回去之外……」

當然，到目前爲止還是無法接受其實我這趟去的目的，是要幫秀娟找出兇手，如果是這樣的話，未免也太正義凜然了。

只不過，接下來應該做些什麼、應該怎麼做，倒是讓我有點不知所措。如果說，我找不出證據證明甜姐的男友殺死了秀娟，就跑去跟她說這些，只會造成她的困擾，因爲畢竟甜姊也未必有讓她男友知道她眞實的感情狀況。因此，甜姐也不會願意承認，她曾經和秀娟交往過。

總而言之，我的腦子一團混亂，只下了一個結論，就是我必須先把事情都搞清楚，才可以直接去找甜姐證實這一切。

不過，我心中已經有了方法。

也許是危險的，但是為了秀娟，我願意再試一次。

再脫掉一次……

再脫離身體一次……

我一定可以從不同空間，看到更多眞相……

第30話

佈局

隔天下午，我再度來到林醫師的研究室。

「唐小姐……妳確定還要再一次？妳男友不是已經回來了嗎？」林醫師說。

「嗯。」我不想解釋太多，只希望這是最後一次。

看著林醫師在準備器材的同時，我注視著這個中等身材的男人，忽然心中有一股很深的感觸。

「林醫師……謝謝！」我會這樣講，一來是因爲他的研究救回了我最愛的男人，雖然我知道之前的確有失敗的案例。只不過，現在更有機會幫助我最愛的女人……

林醫師臉紅著，說不出話來。

「沒……沒什麼……趕快過來吧。」我聽從著林醫師的話，再一次躺在床上、戴上耳機，準備注射，忽然我像是想到了什麼。

「林醫師……等等！」我大叫。

林醫師停下了動作，不解地看著我。

「爲了讓這趟旅程不會白費，我希望你幫我一件事情……」我說。

林醫師一臉疑惑。

「想要麻煩你儘量一直保持睡眠狀態，可以嗎？」我笑著說。

林醫師睜大了眼睛，完全不懂我的意思。

「簡單講，就是說我經歷了這樣的旅程，回來後很可能記憶全失，但是我要調查的事情，卻需要有人證實。你在睡眠狀態時，我可以託夢給你！所以呀，我要麻煩林醫師，儘量保持在睡眠狀態……」

林醫師抓著頭，只好答應。

隨後，我再度經歷了我熟悉的過程，多層次的、不規則的光束，再次籠罩而下，我睜開眼睛的瞬間看到的，卻是我的母親。

我回到老家了。

也許是心情不同，使得我這一次回來的地方，竟然和上一次不同。

我這才想到，自從離開到回來，又再度離開，這段時間內，我都沒有和母親打聲招呼，也難怪潛意識裡面想著，要趕緊見她一面。

而我發現，母親竟然在打掃我的空房間，甚至把床單棉被洗過又晾乾，感覺好像我還依舊住在這裡。

心裡很是自責，我知道她希望我隨時可以回來住。心裡雖然感觸良多，但是想起這一趟過來的預定行程，只好先將內疚的心情擱下。

我沒有忘記秀娟教的能量轉移，於是，在下一秒鐘，我已經來到了三好靈骨塔所在的公墓，也就是前一天我和粽子來過的地方。

這個時間點，看起來似乎是沒有半個人來。

回想起我在出發去林醫師的研究室之前，我麻煩粽子的事。

「粽子，我現在有一件事情要請你幫忙……」在回程的路上，粽子開著車。

「妳說……」

「你不要問我爲什麼做這些事情，只希望你照著做就好。」我說。

粽子點點頭。

「明天早上，要麻煩你打電話給甜姐，然後告訴她，昨天我們去了墓園但找不到三好的塔位，不確定編號是不是有誤，可否請她去看一下。」我說。

粽子一臉狐疑的看著前方開車。

「爲什麼要……」還是問了。

「不是說了不要問嗎……」

粽子沒好氣。

「好啦！」

而現在，我正以靈魂的型態在墓園這邊等著。我相信，如果甜姐眞的與秀娟交往過，聽到粽子說的話，肯定不會坐視不管的。

說也奇妙，在這裡我竟然看不到半個靈魂？

沒多久，車子的輪胎與砂石地摩擦的聲音由遠至近傳來，我知道，有人來了。一輛紅色小轎車，駛進停車場。甜姐，從車裡走了下來。

我看到甜姐的表情充滿了哀傷，消瘦的身形，也更讓我相信，她的確曾經和秀娟交往過。

甜姐緩緩走入墓園，幾乎完全不用尋找地拿起了梯子，往正確的位置爬上去，並且將秀娟的骨灰罈拿了下來。

甜姐買了香及蠟燭，將蠟燭點燃，也燒了三炷香拿在手上。

這時候的我屏氣凝神。

只見甜姐手舉著三炷香，拿在額頭前，嘴裡念念有詞說著。我無法讀唇語，只不過我知道，隨即就能知道。

語。

果不其然，隨著那三炷香所燒出的煙霧，我在這個空間聽到了聲如洪鐘似的話

「秀娟……妳在那邊好嗎？我很想妳！我常常在想……是不是妳知道我夾在兩人中間爲難……所以才會選擇結束自己的生命？但是我只想告訴妳……妳這樣做我根本不會高興！一點都不會！我愛妳，秀娟，希望妳在那邊一切都好……」

我看向甜姐，從前美麗動人的她，在這一刻，看起來卻是如此憔悴，三人行的愛情，終究會有崩解毀滅的一天……

不過至此也證實了我的推測。

但是不知怎麼地，我竟然帶著點嫉妒……

甜姐和秀娟交往過，而秀娟不知道甜姐的男友是誰。只是我還是很難理解，甜姐的男友有必要這麼狠毒嗎？就算是劈腿，要針對的人應該是甜姐吧？

那段因爲大新變成植物人而喪失自我的時光裡，我完全不曾關心過身邊的任何人，卻也因此發生了太多出乎我意料的事情。

如果當時我多關心甜姐，可能就會發現藏在她心中的事，也就可以幫她度過情緒低潮。

只不過現在想這一切都已經太遲了。

如今我必須做的就是找出甜姐的男友，然後回到現實，揭穿他的眞面目。讓甜姐知道是她眼前的人謀殺了秀娟，也要讓這個人，繩之以法。

「秀娟……原諒我……我不能讓妳知道……我的祕密……」

正在我思考之際，忽然甜姐又補上了這幾句，聲音依舊大得我快要無法招架。只不過，從甜姐最後的話聽來，她正在交往的男人，似乎有什麼不可告人的祕密……

我只能說，這件事情，越來越複雜，混亂到了一個地步……

第31話

不願面對的真相

甜姐與管理員確認完秀娟的塔位置沒有問題之後，開著車便打算回去了。

我按照計畫跟在她身邊，期待她會在這段時間內與男友見面。

坐在甜姐車子的後座，這時她看起來像是要回家了，讓我不得不思考接下來該如何應變。

這時候有件奇怪的事情，讓我很在意。我一直覺得有車跟著我們，保持著一定的距離。

原先想要飄到那輛車上去瞧個究竟，考慮過後，還是決定將焦點放在這件事情上面，以免節外生枝。

於是我先回林醫師的研究室，看看他是否眞的有照我說的睡覺，讓我可以先「存檔」一下。

很快地，我轉移到了研究室，看到林醫師眞的趴在桌上睡覺。

我試著在他耳邊，轉述剛才所發生的一切。只見他像是做著夢一般，嘴裡念念有詞，也不知道是否有聽到。隨後我就再度回到了甜姐的車上。

甜姐開進了台北市區，經過了東區。

我看到了大新公司的招牌。

心裡想著，雖然今天是假日，但是以大新對工作的狂熱，也是有可能加班吧。自從回到現實世界後，我都還沒見過他一面，不如趁這機會，去看一下他吧！

於是我改變了原定計畫，暫且離開甜姐，然後飄進了大新的公司。

果然，假日的辦公室空蕩蕩，我飄至大新的座位發現電腦是開著的，可是人卻不在。

我四處飄浮著，看看茶水間、看看廁所，不過都沒有人影。

忽然穿越儲物室的時候，又看到了安姬—大新的美麗助理。這令我回想起上一次在這裡看到她的情景，正與男人進行性行爲。

巧的是，這一次竟然與上回雷同?安姬與另外一名男同事忘我地進行著。安姬美麗的臉龐露出難受又充滿快感的表情，隨著男同事的律動而搖晃著屁股。

激烈的程度，彷彿牆面都跟著晃動了起來。要不是外面沒有人，否則早就被發現了。

安姬的臉朝著我，雙眉緊蹙著，嘴裡不停流出低沉的吟叫聲。我心裡想，如果有機會的話，眞想當面問問她，爲什麼這麼喜歡在這樣的空間裡做，而不是去汽車旅館。

男同事賣力地動著，這時安姬眼睛微微張開，看著男人。

「好棒!好舒服……好棒……」不知這時的她是有意還是無意，眼神竟然正好與我四目相對。

「好舒服唷！Sean……」安姬說。

第一時間我還搞不清楚 Sean 指的是誰。我的頭微微地撇了一下，換了個角度，這時我看到了，男人的脖子上有著三顆小痣。

那畫面，很熟悉、很深刻、很強烈。

印象中我自己也吻過這三顆痣，在我斷片的記憶裡面似乎也出現過。

從那一秒鐘開始，我好像聽見自己的心跳聲鮮明地鼓動著，明明靈魂沒有心臟。

然後我緩緩地、緩緩地飄到安姬的方向，讓自己與安姬的位置重疊，從看著男人的背影轉變成面對著男人，而安姬在這時候，打了個冷顫。但，這個角度，讓我清楚看見，這個叫做 Sean 的男人的面孔。

大新的英文名字，叫做 Sean。

而這個人，不是別人，就是大新。

我面對著大新，冷冷地看著他汗如雨下的臉，而他的下半身裸露著，不停重複往前突進著，我雖然和安姬的身子重疊，卻感受不到大新的溫暖。

因爲，大新進入的是別人的體內。重複、來回、進出……

我看著大新，看著他的表情，汗水隨著他的律動穿透了我的臉龐，甩在了安姬的臉上。而我，從來沒有這麼冷靜地，看過他這種時候的表情，是如此賣力地取悅著……

我只是冷冷地看著他。

大新的動作越來越大、越來越快、越來越激烈，安姬的聲音也越來越高、越來越放肆。直到最後一刻，大新終於用盡了最後一份力氣，躺在了我，應該說，躺在了安姬的身上，他的臉埋在了安姬的胸口。

兩個人喘息著。

而我，一直都在。

過了一分鐘左右，安姬開口了。

「你發什麼脾氣？」

大新躺在安姬的胸前，貪婪地把玩著她的乳房。

「我不在的時候……妳……和別的男人做過了……對吧？」大新說。

「胡說！你怎麼這麼說……」

「第六感……我就是知道。」

「你睡糊塗了。」

「爲什麼……這半年都……不來看我？」

「……你還沒分手呀……不是說你要分手的嗎？」

「……妳難道不知道下大雨的那天，我急忙衝出去爲的是什麼嗎？要不是急著去提分手，妳以爲我會出車禍嗎？」

我的瞳孔，收縮著……

安姬開始穿起裙子，她臀部到小腿的曲線，著實讓男人看得興奮。

「不過……你說的沒錯……我是和別人做過了。誰知道你會睡多久？我已經……有其他對象了！」安姬俏皮地在大新的臉上親了一下。

大新一語不發，穿好了褲子，似乎也沒有什麼怒氣。

「所以……妳是說……我們兩人這一年半來的關係，結束了是嗎？」大新問。

「對呀……你錯過了……我們兩個可以在一起的黃金時間了。反正，你那女友也還沒有分，不是嗎？」安姬拿出了口紅，塗抹了一下。

「那今天算是什麼？」大新欲言又止。

「今天算是……Good-bye Sex……」安姬說。

「就這樣吧！」安姬拍了大新的肩膀一下，走出了儲物室，只留下他一人。

應該說，我也在……

大新深深吸了一口氣，臉上帶著些許懊悔的表情，那感覺像是在責怪自己，不應該睡那麼久的。

隨後，大新整理了一下自己的衣服，走出了儲物室。

我忽然覺得，自己才像是個植物人……

第32話

孤魂野鬼

不知道經過了多長時間，我才意識到四周都沒有了動靜，我的眼光掃瞄了一圈後，發現我還是在儲物室裡面，大新公司裡的儲物室，那個安姬當作是旅館的儲物室裡面。

我無意識地飄了出去，辦公室內早已經一片黑暗，半個人影都沒有。飄出了大新公司，似乎連這時段的東區，也已經毫無人煙。想必現在是半夜了吧。

我不知道是否因爲衝擊過大，忽然有點搞不清楚我現在的狀態是靈魂，還是人了。路燈的照映下，我看見光線穿透了自己的身體，藉以確認自己現在是靈魂的狀態，沒錯。

在路燈下，我終於漸漸地回過神，才有能力開始回想，剛才安姬和大新的對話，並且試圖從中間整理出，我不了解的事情。

聽起來，他們的關係已經有一年半了，也就是說，在大新發生車禍之前，他們就已經開始了。

現在想起來就很自然了，一切都是說得通了，我和大新的感情開始有問題，似乎也大概是那個時間點吧。

當時最常吵架的原因就是，大新要加班、大新要以工作爲重、大新要留在辦公室，現在想起來，那一切，都是假的吧。

只是因爲要在公司陪安姬罷了。

而，從剛才的談話可以知道，大新那天下午之所以冒著雷陣雨趕來找我，竟然是因爲想要跟我提分手？聽起來，應該是他答應了安姬，想要儘快跟我畫下句點。

而我被矇在鼓裡，竟然因此內疚這麼長的時間，只因誤以爲大新趕著要提前替我慶生，才會發生車禍？

就因爲這麼蠢的事，內疚不已。

如果將整件事情擴大來想，就更蠢了。

「靈魂會去生前最喜歡或是最常去的地方……」

我帶著秀娟找尋我和大新曾有過美好時光的地方，一個又一個、一處又一處，到頭來，他發生車禍後，靈魂飛奔而至的第一個地點竟然是辦公室，現在看起來，根本不是因爲工作，而是因爲和安姬的這份「關係」吧。

更可笑的是，能讓大新停格的靈魂再次恢復運作的關鍵字，竟然和我一點關係都沒有，而是安姬最常叫他的英文名字 Sean。

原來，這種三人行的關係，早就持續了一年多了。

原來，我瞎忙了半天，冒著生命危險去救回來的人，只是一個到頭來，會認爲我多管閒事的外人罷了。

「每一趟旅程，都會有意義的！」

秀娟的話，出現在我腦中。但是我反覆推敲著，再對照現在的情況，我依舊不知道，這種旅程的意義何在？

不管是這一趟，或是上一趟……

很奇妙地，沿路上我看到了越來越多靈魂，也越來越清楚了。

我相信林醫師說的，靈魂的頻率隨時會變化。而現在的我，不知道怎麼搞的，可以看到這麼多靈魂，看到他們被黑影包圍，被「那股力量」持續消滅。

有時候，我會刻意靠到這樣的孤魂身邊，希望黑影附著在我身上、希望我的記憶可以直接被覆蓋。

可惜，一直失敗。

隨著我一路前進，靈魂不停增加，多到了充斥著整個街道，不管是馬路上，還是小巷道。而每個靈魂的臉上，寫滿了無助。

人與人之間，多麼難以眞正的理解，看著彼此的靈魂還是無法探知。霎那間，我對所有可以用文字形容的事物，都失去了興趣。

不幸中令人高興的是，我的願望在沒有多久之後，實現了。一大片黑影，朝我籠罩過來，我看著我的身體、我的手腳，都在黑影的包圍之下。我知道，再一下子，我就可以擺脫這些記憶了；我的靈魂，再幾秒鐘，就會徹底消逝……

就在最後那一瞬間，我全身上下只剩下臉還在黑影之外時，忽然想起了一個人，一個我不想忘記的人。

「秀娟！」如果說，有一件事情是可以讓靈魂繼續活下去的動力，我會說那叫做記憶！

爲了秀娟，我想要再多待一會，如果就這樣忘了一切，那麼當初秀娟拼死救我就一點意義都沒有了。

我心念一轉，利用了能量轉移，回到了林醫師的研究室。在那個時候，我也顧不得自己是否已經確定完成了這趟的目的。只是一回到研究室，身體的那股吸引力，就強烈牽引著我，對於一個什麼都無所謂的靈魂來說，實在沒有什麼好堅持的了。

十秒鐘後，我的電波回到了我的身體內。睜開了雙眼，心裡懷抱著一種極其失望的感受，起了身。

「林醫師！」我叫醒了正在睡眠中的林醫師，這一次他可是眞的被嚇到。

林醫師驚醒後，一看到我立刻尖叫。

「怎麼這麼快，事情都查清楚了嗎？」林醫師這時候的五官看起來很可笑。

我搖了搖頭，卻無法回答。因爲，靈魂出竅的那段時間內的記憶，我又想不起來了。也許，我只能期待哪一天我又接收到什麼關鍵物，可以回想起一切。

「林醫師，我有託夢給你吧？」我問。

林醫師這時才拍了拍自己的腦袋，大叫。

「對，沒錯！沒想到，眞的可以在那樣的狀態下接收到妳的訊息，我看我之後要好好來研究人類睡覺時的電波頻率，是否與靈魂相通了。」

林醫師告訴了我關於甜姐去墓園所發生的一切，而那些經過，果然與我一開始想像的沒有太大出入。

「只有這些嗎？林醫師……」總感覺，我在那時期好像經歷什麼非常可怕的事。只不過，林醫師搖搖頭。

「就只有這樣……除非是在那之後，妳又遇到了什麼事情來不及和我說。」

我深吸了一口氣，知道再怎麼想也想不起來，眼前最重要的還是先解決秀娟的事。

只是，那種胸口抑鬱痛苦的感覺，到底是什麼……

第33話

斡旋推敲

再次回到自己的身體後，我回到老家探望了母親。雖然她的關心讓我在某方面得到了依歸，只不過心底深處那種莫名的傷痛感，讓我決心不再使用靈魂出竅的技術。

不管如何，都不願意。

我確信，在那裡，我見到了駭人聽聞的事情。不過，這一切也因爲想不起來，而等同於零。

因此，我專心一志在找尋甜姐的男友。因爲我相信，只要找到他，秀娟的命案就會水落石出。

回到平凡的日子中，我依舊上班、甜姐依舊在我身邊的辦公桌、大新依舊忙於工作。我想，他是爲了我們兩人的將來打拼著。

這一天中午，我和甜姐到了辦公室附近的簡餐店共進午餐。

在門口邊的位子坐下後，我試圖引導甜姐。

「最近大新都不太理我，我們之間好像越來越淡了……」我說。

「男人都是這樣吧？忙著工作之後，女人就變得不是太重要了……」

我逮到機會。

「甜姐，很久沒有聽到妳男友的消息了……最近你們處得好嗎？」

甜姐喝了一口南瓜湯，遲疑了一下。

「……還好……老樣子……」

「我記得之前聽妳說你們也是常常吵架，可是也都沒有分手，你們在一起多久了呀？」

「兩年多了……」講到這話題時，甜姐的臉很專心地朝下，喝著南瓜湯，並沒有正眼看我。

「喔……那……找一天，帶出來介紹給我認識一下，大家這麼熟了，都沒見過彼此的男友。改天一起出來，妳說好不好？」

我聽到湯匙與碗底接觸的聲音，顯然，甜姐的南瓜湯已經喝完。

「……好呀，……不過我男友工作很忙，不知道什麼時候會有空就是……」甜姐依舊低著頭舀著湯。

明明已經空了。

「喔……」我點著頭思索著下一個話題。

「甜姐……我是否有跟妳說過我好喜歡三好的文筆？其實還沒進公司之前，我就是他的書迷了。妳可以跟我聊聊……他是個怎麼樣的人嗎？」

甜姐這時候抬了頭，舔了一下嘴唇，有點欲言又止。

「怎麼？甜姐……別說妳和他不熟喔！妳當他的責任編輯也一、兩年了，全公司就妳和他最熟了……說給我聽聽吧。」

甜姐一下子有點說不出話來，這時她的手機響了。

「喂喂，嗯……好……老地方……」甜姐接這通電話時，一直是以手摀著話筒的，因此我也聽不太清楚對方的聲音。

「對不起，小新，我下午有事情要出去……我先回公司去準備一下，下次再聊，好嗎？」

掛完電話後，甜姐急急忙忙找了個藉口搪塞了我。

只不過，爲了幫秀娟找出眞相，我也早就做好準備。

甜姐一離開簡餐店，我立刻打了電話給粽子。

「粽子，準備好了沒，要出發了！」

「沒問題，萬事ＯＫ！」粽子的聲音聽起來相當興奮。

我早就要他準備車子，隨時聽我的命令，準備跟監甜姐。沒多久，粽子的小轎車從後面的巷子開了出來，我迅速地上了車。

「前面！」我指示著粽子，開往剛才甜姐離開的方向，果然過沒多久，就看到了她。

只不過這時候比較奇特的是，我又發現旁邊似乎有人在跟監，這已經不是第一次了，總覺得被跟蹤了。

「小新，怎麼了？」粽子發現了我的異樣。

「沒事……只不過我怎麼一直感覺有人在跟蹤我們？」如果我的直覺沒錯，應該是後面某輛廂型車。

「那……要怎麼辦？」膽小的粽子這時又有點緊張了。

「沒怎麼辦……繼續跟！」我們看著甜姐走進停車場、發動了車子駛出停車場。

我們一路尾隨，只不過三十分鐘後，只見她開進了某間汽車旅館。我想，我們要找的目標，應該快要出現了。

無奈的是我們無法得知房間號碼，只好偷偷在汽車旅館的停車場，等待甜姐和男友一起下來，就可以捕捉到他的眞面目。

而我注意到的是那輛廂型車雖然沒有開進來，但是停在了汽車旅館外。

等了將近兩個鐘頭左右，粽子竟然打起了瞌睡。

「喂、你不要睡啦！」我拍打著他。

「……太久了啦……他們不會是要過夜吧？這樣下去是要等到什麼時候呀？」

「有點耐心啦……」我話說到一半，粽子叫了起來。

「那邊！」我回頭一看，甜姐和一名男子出了電梯走進停車場，只不過我們發現得太晚，兩人已經背對著我們往前走去，男人很迅速地上了另一部車，而甜姐則走向自己的車。

兩輛車，一前一後，開出了停車場。

「怎麼辦？」粽子問。

「追呀！」

「追哪一輛？」粽子又問。

「當然是男人那輛……」我有點沒好氣了。

粽子這時才發動引擎，但不知怎麼地，車子在這時卻發不動，試了好幾次都失敗。

「沒辦法……老毛病又來。不好意思，今天沒辦法追了……」粽子雙手一攤，我想就是這種不負責任的態度，讓我無法對他有好感吧。

只是我心中的疑惑越來越深，眞的不懂甜姐爲什麼要在這種時間與她男友見面，而他們交往了兩年多，難道都是這麼相處的嗎？

第34話

再聚古堡

經過了半年多的時間，全公司的人又聚集在格林家。

說眞的，我愛這種感覺。

除了剛才來北投時，我又看到了那一個似乎常常在跟蹤我的中年男子之外，今天聚餐的感覺眞不賴。

但也許是我多心了。

從花園那頭，粽子走過來了。

「小新，想喝東西嗎？」粽子手上拿了一杯咖啡。

「謝謝！」

看著這一棟別墅，我實在很容易又想起了以前和大新的事情。

「妳男友……不是已經康復了嗎？」粽子問。

「嗯。」我點頭。

「沒有叫他一起來？」

「加班……現在應該在公司吧！」講這句話的時候，我的胸口不知道怎麼搞的，非常難過，幾乎讓我說不下去。

「所以……甜姐的事……妳還要繼續查嗎？」粽子問。

「……對！說到甜姐，我今天到現在都還沒有看到她。」

粽子聽完我的話之後，看向了別墅裡面。

「應該在裡面吧？」

我和粽子很有默契地走進了別墅，經過了盔甲裝飾、繞過了迴廊，我再度在餐廳外面聽到了格林和甜姐的聲音。

「幸兒，大家都還在樓下，有什麼事情這麼急著要跟我們說？」格林的聲音。

「對呀，幸兒姐，怎麼了？」甜姐的聲音。

我和粽子偷偷從餐廳外側往裡看，原來幸兒、格林和甜姐都在裡面。

「……也沒什麼大不了的，只是……有兩件事想要和你們一起分享。」幸兒的聲音。

幸兒站在餐桌前，格林和甜姐分別坐在椅子上。

「好事？壞事？」格林問。

「哈哈……對我來說都算是壞事吧！」幸兒的聲音，強顏歡笑。

隨後三人一片沉默。

「幸兒姐，妳不要這樣，發生什麼事情了？」甜姐問。

「……第一件事情，就是……我剛驗出來懷了第二胎……」幸兒說。

我看到格林的表情有點僵硬，但甜姐看起來是高興的。

「這怎麼是壞事呢？這絕對是值得開心的啊！」

看到了幸兒對甜姐的眼神，我心裡起了不好的預感。

「妳眞的認爲是好事嗎？」幸兒眼神銳利地看著甜姐，看得她頓時說不出話了。

「幸兒，這當然是好事呀！妳怎麼了？」格林終於出聲。

接著幸兒似乎拿出了什麼，從外面看不太清楚，但應該是類似牛皮紙袋的東西。幸兒將整袋丟到了桌上。

「是不是好事，看完這個再說吧……」幸兒冷冷地說。

格林愣了一會兒，緩緩地將紙袋打開，從裡面取出了一疊像是照片的東西。

這時我注意到了，格林的眼光瞥了甜姐一下。

然後，格林很謹愼地翻閱那疊照片。

格林的神色並沒有太大的變化，反倒是甜姐很緊張地從格林手上將照片搶走，一臉驚慌，看著一張又一張的照片。

沒多久，甜姐的手鬆開了、整疊照片灑落了下來。

「多久了？」幸兒問。

「兩年多……」格林說。

「那不就是甜姐剛進公司沒多久的時候嗎？」

格林點頭。

而我看著甜姐，依舊在一旁全身發抖、嘴唇發青，說不出話來。

我和粽子即使沒有看到照片，也大概猜得到是什麼事情了……

「照片……怎麼來的……」格林冷冷地問。

「……我派人跟蹤甜姐。」

原來如此，我恍然大悟，那詭異的中年男子不是在跟蹤我，而是甜姐！

但是這麼一來，也就是說甜姐口中的男友，就是格林！

我心目中最好的老闆？

「幸兒姐，對不起……」這時候的甜姐已經壓抑不住恐懼，放聲哭了出來。

格林站了起來，走到水槽邊，扭開了水龍頭，洗起手來。

「非得要在這種時候說嗎？」格林邊洗手邊說。

「說這種事情，還得挑時間嗎？」幸兒說。

格林甩甩手，拿起毛巾擦拭著。

「那……妳想怎麼樣？」格林的話，忽然變得很冷酷，幸兒一聽也傻了。反倒是甜姐拉著格林的袖子，似乎是示意他不要用這種態度。

「……如果要離婚……我也沒關係，我愛的是甜姐。」格林繼續說著。

幸兒則是不可置信地站在原地，半句話說不出來，可能，這和她料想的情況不同吧。

這時候的我，再也忍受不住，從餐廳外面走了進去。

「格林，你騙人……」我說。

餐廳內的三人看著我，嚇了一跳。畢竟這事情沒人想讓局外人知道。只是沒想到現在除了我之外，連粽子也聽得一清二楚。

整個餐廳的氣氛，頓時降到冰點。

第35話

三人行不行

餐廳內的三個人，這時都說不出話了。

「格林，你跟我說過，當你看到幸兒姐時，就像是靈魂之間的頻率對了。你說在人群中，你就是會看到她、就是會想要接近她，不是嗎？爲什麼現在又說你愛的是甜姐？」

在我說話的同時，粽子悄悄地走了進來，待在我身後。

幸兒看著格林、我看著格林、粽子也看著格林，就連甜姐也似乎想要知道答案似地，看著格林。

「……只有電台節目是……不夠的，妳懂嗎？」格林坐了下來。不過他那一套感情理論，我想格林只和我說過，所以一時之間，大家也都搞不太懂他的意思。

「當我第一次見到幸兒，她是如此耀眼的存在！一場少說二百人的宴會……人群之中我一眼就看到了她。大大的眼睛、纖細的身形，雖然不是在場最美的，但我就是覺得，這個人一定和我很適合！於是，很自然地我認識了她、開始聊天、開始約會，我甚至從來都不曾懷疑過，這輩子……我會做出傷害她或是讓她難過的事……」

幸兒在一旁，已經默默地低著頭，流下了眼淚。

「可是……事情就是這麼奇妙。妳說我和甜姐真的特別情投意合嗎？沒有……妳說甜姐她特別了解我嗎？也沒有。可是當我不小心和她第一次發生關係後，我就……我……」

這時在一旁的甜姐，臉色鐵青，不過似乎對於格林說的話，她全盤接受，心裡有數。

「……這麼說……你只是喜歡與甜姐之間的肉體關係……不是嗎？」我說。

格林沒有回答。

「甜姐……難道妳不知道格林是抱著這種心態跟妳交往嗎？那不是愛情呀……」不知怎麼地，在說這話的時候，我心裡像是有東西在刺著。

「我知道、我都知道！是……我對不起幸兒姐，雖然我中間一度找到了心靈上的依靠，想要結束與格林的關係……可是……」甜姐說到這裡，開始哽咽了起來。

而我一直在追查的事情核心，終於浮現了……

雖然在這個時候揭穿所有的事情，對於甜姐或是幸兒來說都是殘酷的。但如果不在現場講清楚，以後可能也沒有機會了……

「……妳說的心靈上的依靠，指的是……秀娟吧？」我說。

秀娟這名字一說出口，甜姐、格林兩個人的臉色都變了。

「當然，不用我解釋，秀娟……就是三好！」我繼續說。

甜姐發抖著，臉色蒼白。

「在……妳和格林交往的同時，也和秀娟交往著，對吧？」我這話一出，大吃一驚的是幸兒。

「秀娟……是女的耶……」很顯然，幸兒也知道三好是個女作家，也就是秀娟的事。

這下子，大家的目光轉而聚在甜姐的身上了。

「……是女的……又怎樣！……你們不會了解……秀娟有多好、有多體貼、有多麼善解人意。和她在一起……就算不能有男女的肌膚之親，我都甘願！我願意爲了秀娟……結束和格林之間的關係，因爲秀娟……是最好的……」

甜姐在說這幾句話的時候，眼神堅定又充滿幸福，而我完全可以理解她的意思。在我心裡，閃過一絲感傷。

只不過，這時候的格林，則是越聽越不開心。

「夠了，人都死了，妳還要眷戀多久！」格林的臉色、眼神，看起來都異常憤怒，這已經不是我認識的格林了。

「……要不是她死了、要不是秀娟死了……我早就停止和你這樣的關係了……」甜姐哭喊著。

格林站了起來。

「秀娟哪裡好？當時要不是我看她有一點點文采、要不是我給她個機會幫她出版……哪裡會有後來的三好？妳懂什麼！一個女人……可以給妳什麼？她什麼都不能給妳，妳懂嗎？妳、懂、嗎？」格林講到最後，幾乎是咆哮著。

甜姐繼續哭著，整個餐廳沒有人說得出半句話來。因爲，從來沒有人看過格林這麼樣地生氣，也許只有甜姐見識過。

看到格林的反應，我想起半年多前一樣在這裡，格林和甜姐也是坐在這裡討論，被我撞見。

事後格林雖然說是因爲三好和甜姐產生衝突，現在回想起來，應該是格林發現了甜姐與秀娟在交往，吃起了秀娟的醋，才要甜姐離開秀娟……

想必後來格林在公司裡發飆也是相同的原因，最後氣不過，只好叫甜姐不要繼續擔任三好的責任編輯。

回過頭看，在我爲大新的事神智不清的那段時間裡，其實生活周遭發生了那麼多事，眞是不可思議……

格林、甜姐與幸兒的三角關係；格林、甜姐及秀娟的三角關係，在我腦子裡不停地排列組合著，我甚至粗率劃分，對格林來說，甜姐有的是女人香的肉體關係，而幸兒則是他的靈魂伴侶；但是對於甜姐而言，格林代表的是男人肉體關係，而秀娟對她卻是心靈依靠。

雖然三者並行著，但是就最後當事者的話聽起來，格林選擇了肉體關係，而甜姐應該是寧願選擇心靈寄託……

什麼是對、什麼是錯，我一時無法分辨。然而聽完這些錯綜複雜的關係之後，我的胸口卻悶得快要窒息，又是什麼原因……

就在大家震懾於格林從未表現過的憤怒之後，我冷冷地說了一句。

「所以……你就殺了秀娟？」

甜姐的哭聲停止了、粽子的嘴巴張得老大，而格林抬起頭，眼神充滿著火焰般地直視著我。

第36話 最後的晚餐

甜姐淚眼看著我。

「小新，妳在說什麼？秀娟是自殺的……」甜姐說。

「秀娟沒有理由要自殺啊！妳了解秀娟的，那麼聰明的人，她沒有必要自殺……」我說。

這時候甜姐看向了格林，不單是甜姐，大家都看向了格林。

餐廳內漂浮著詭譎的因子，大家都等著格林開口說話，沉默了半晌之後。

「她的生命……我有權利中止。」格林只說了這幾句話，甜姐整個人失控了。

「中止什麼？你有什麼權利？秀娟是那麼獨一無二的人，你有什麼權利中止她的生命呀？」甜姐近乎失去理智地叫著。

「……當年我是第一個發現她的才華的人，我一手包裝她卻又要刻意隱瞞她的性向，好讓媒體不要騷擾她……是我栽培她的！」

格林搓著手。

「可是……她卻利用她的才華搶走了我的女人！你們說，我是不是有權利，終止她的生命！」

格林不停地搓著手。

「於是……在我知道了甜姐和她開始交往之後，便用了各種方法試探甜姐，故意要她在與三好討論工作的時間裡來旅館找我；故意讓她和三好之間，總是有時差地約會著……我也偷偷地……趁著甜姐睡著的時候，拿了三好家的鑰匙……也打了一副。」

格林還在搓手。

「我進去她家，在飲用水裡加入了大量的安眠藥，然後趁著半夜她熟睡時，把繩子綁在她脖子上，讓一切看起來像是自殺一樣。因爲大衆普遍認爲作家患有精神疾病是常有的事，所以作家自殺……自然不會太突兀啊！」

格林邊搓手，邊傻笑。

「結果如我所料呀！甜姐……失去了依靠後，還是得要回來找我……還是……繼續維持和我的關係啊！哈哈！你們說……一個女人怎麼可能給得起這些呢？我怎麼可能在這段關係中，輸給一個女同性戀者呢？對吧！哈哈！最後……還是我贏吧！就像行銷一樣……我可以把她包裝成三好，我也可以……毀掉她……哈哈……」

看著格林，我心深處的那陣刺痛，似乎更強烈了些。

餐廳內的每個人，聽著格林說的話，都不發一語。

時間，就這樣靜靜地走著，走著。

也不知道過了多久，幸兒開口。

「我們……去樓下花園吃晚餐吧！」

「小新、甜姐、粽子……走吧。」聽著幸兒的話，我們也都移動了起來。

只剩下格林，自己一個人默默坐在餐廳內。

我走在最後，離開餐廳前，回頭看了一眼。格林低著頭，肩膀不停抽動著，我想，他應該是在流淚吧……

那天的晚餐，同事們吃得很開心，我、粽子和甜姐，則是一口都吃不下。

回家的路上，我搭粽子的車。

「……小新……妳……會報警嗎？」粽子忽然這樣問。

「……不知道。」我看著窗外。

「那……爲什麼還要這麼積極地追查呢？」

「不知道……本來是爲了秀娟，到後來，感覺像是爲了自己……」我說。

粽子應該是不懂我的意思，閉上了嘴巴，一路開往台北。

我並沒有想到什麼惡有惡報之類的因果循環，只是覺得身爲秀娟的朋友，我應該要幫她做些什麼。而如果說我的靈魂之旅，除了把大新帶回來之外，還有什麼隱藏的意義的話，我想認識秀娟應該是最重要的一件事情了。

想起了那段時間內，我和秀娟曾經說過：

「如果我們可以在這個世界認識的話就可以做更多的事情了。」

只不過她反問我：

「可以做什麼呢？」

現在想起來，我應該會回答：

「可以牽手、可以擁抱、可以接吻……」

肉體的存在不是沒有意義的，至少對格林來說……如果說，我和秀娟在這個時空認識的話，我會不會也像甜姐一樣喜歡上她？畢竟我和秀娟頻密吻合的程度，是遠遠超過她和甜姐之間的。

只不過，這時候我心中的答案是否定的，因爲我太愛大新了，當然，其中很大部分是大新的身體……就像那趟旅行中，當大新沒了身體之後，我發現對他的愛意相對減少了……而當我不停想著這些問題時，胸口那股抑鬱感，卻一直沒有消失過……

「小新，妳手機……」粽子叫了我一聲，我看著窗外都出了神。

「喔……」我趕緊將響個不停的手機接了起來。

「喂……大新……嗯，好呀！那明天晚上見。」我開心地掛了電話。

「妳男人呀？」粽子問。

「對呀！」我充滿了笑意，當然是因爲，這是自從他康復之後，第一次主動打電話給我。

只不過，我雖然很開心，但是不知怎麼搞的內心深處竟然隱隱作痛著。

我刻意要自己，不去在意。畢竟，秀娟的事情告一段落了，接下來就是我和大新要重新開始了。

看著窗外的好天氣，我相信，明天會是很美好的一天。
只不過在山的那頭，似乎有著層層的積雨雲，正緩緩地往這頭飄過來了。

第37話

不用讀的信

懷抱著興奮的心情，我終於，見到了大新。

那張熟悉的臉、熟悉的味道以及熟悉的說話方式。

都沒有變，一切都和出車禍之前一模一樣。我和大新來到了天母，他依舊只看他想買的東西、依舊只是迅速走完巷道。

走在路上的時候，大新高䠷的身形仍然是眾人注目的焦點，而我仍然依偎在他身邊，暗自竊喜。

晚上，用過晚飯後，我們回到了大新的家裡、進了大新的房間、上了大新的床。

他熟練地脫掉了我的衣服、吻著我的脖子，雙手握住我的乳房，輕柔地捏弄著，我被他的動作惹得身體酥軟了起來。

隔著我的內褲，他輕巧撫摸著，嘴唇則是同一時間在我的背上來回挑逗，他善用著他全身的器官。同時間，對我敏感的要處，撫弄著。

而這也是我無法忘得了和他做愛的關鍵。

我被他逗弄得無法遏抑自己的渴望，貪婪地親吻著他的嘴、他的臉、他的眼睛，順著身體的曲線，我的舌頭滑至他的脖子，親吻著他頸子上的三顆小痣。同時間，一道聲音，打進了我的靈魂裡。

「……Sean……」

那不是我的聲音，那是誰？

我聽過這聲音……很嫵媚、很誘人。然後我張開眼，看到了大新脖子上的三顆小痣。

霎那間，腦海中的閃光不斷，一道接著一道打進了我腦中，記憶的畫面一幕一幕出現，那是第二次靈魂出竅後的記憶。

我到了墓園、我看到了甜姐、聽到了甜姐的禱告、然後我找了林醫師、我跑去尋找大新、然後我進了大新公司的儲物室。

……我進了儲物室。

這時候，儲物室內的所有畫面，都分割呈現在我的腦中。

每一個畫面都像是惡魔的傑作，壓迫我到快要停止呼吸。大新的汗水、安姬的喘息聲、震動著的牆面……

瞬間，我睜大了眼睛、推開了大新。

大新被我推得跌到地上。

「怎麼了？」大新不解地問。

「呼、呼……」我則是缺了氧般，狂吸著空氣。

大新依舊溫柔地看著我，伸出手來試圖還要再點燃我體內的慾火。

只不過，大新不知道，我體內的另外一把火，已經燃起。

我再一次推開大新，只因爲所有的記憶都在關鍵畫面出現後，回到了我的靈魂中。

我的眼光移向桌上，發現他房間內的書桌上原本擺著的那封信，現在已經不在了。

「……信呢？」我說。

「什麼信？」

「……出車禍前你打算給我的信……」我說。

大新顯得有點驚訝，卻又故作冷靜。

「沒有呀，哪有要給妳什麼信……」大新靠了過來，雙手將我緊緊環繞住。

「那天是要趕去跟妳說……生日快樂的呀！」大新在我耳邊輕聲呢喃著。

只不過，現在大新講什麼我都不會相信了。

「現在……你就會說……是要趕來說生日快樂？」我回頭問。

「你現在的態度……簡直一百八十度大轉變！是發生了什麼事情嗎？是不是有誰因爲你出了車禍後，就不理你了呢？Sean！」我加重了英文名字的語氣。

大新依舊不明白，或是應該說不相信我已經知道了所有事情的來龍去脈。

而一旦記憶回復，我的難過與哀傷也毫無保留地湧上心頭。

「我一直以爲……是因爲我的無理取鬧……才會害你發生車禍，沒想到……沒想到你……」我再也忍受不住地哭了出來。

「……妳不要這樣啦！我真的不知道妳在說什麼耶……」大新一臉無辜。

可是我實在不願意，從我的口中說出他跟安姬的骯髒事，更不想再去回想。

我忍住眼淚，打算起身將衣服穿好。

「小新、小新，妳要去哪啊？」大新這時才有點著急，擋住我的去路，試圖阻止我離開。我被他逼得沒空間可以前進，轉身走到了書桌旁，拉開了好幾個抽屜，終於看到了當天我以靈魂型態無法觸碰的那封信，應該也就是大新出車禍時，打算給我的信。

封。

大新沒料到我會有這舉動，雖然慌張，卻也無計可施。而這時的我拿起了信

「你還要假裝嗎？還是說這封信不是要給我的，但上面寫著我的名字，還是你希望我拆開來看？」我大聲地說著。

「不要看……那……那是亂寫的……」大新緊張著揮舞雙手。

當我看著大新的表情時，體會到何謂失望透頂。他那緊張的模樣已經說明了那封信的內容，我根本不需要看了。

然而，在這之前還一直對我不理不睬、一直說以工作為重的大新，卻在被安姬宣告他們的關係終止之後，開始對我示好……

再怎麼說，我也是和大新有著好幾年的感情，而現在看起來，我只是安姬的替代品……只是那種關係的替代品……

如果安姬願意和他繼續下去的話，我想今天這封信，他應該是迫不及待想要我

拆開吧……

越想越失望……失望到，我完全不想再與這個男人有任何瓜葛。

「這封信……還你……」我將信丟到了床上，重新整理了自己的呼吸。

「……葉維新，謝謝你這幾年給了我好多、好多的回憶。我曾經以爲你就是我這輩子的唯一，不會改變，可是沒想到……」我有點說不下去。

「這場車禍……我想是老天的安排……好讓你認清楚那個女人、也讓我認清你，讓我……認識秀娟。我們就別再絆住彼此了，好嗎？」

大新聽完後，整個人像洩了氣的皮球般癱坐在床上。而我，不想等待他的回覆，走到了房間門口、握住把手，離開這個地方。

這次的感覺，很實在，我不是飄著離開他房間，而是確確實實，握住把手、打開房門、走了出去。

看著大新的家，我在心中默默說了聲：「再見了……我美好的回憶……」

第38話

一個人做的事

離開大新家之後，我並沒有哭，並沒有直接回家。

我到了車站，坐了兩個小時左右的火車，抵達了台中，雖然這時已經快要半夜了。

大學周圍的夜市，有些攤子已經準備收攤；在街上遊蕩的人，看起來比我們學生時代少了好多。

我並不知道，這趟下來台中的用意何在，是想要再複習一次，我們曾經有過的回憶，還是我想要藉著再一次重遊舊地，把所有的事情做個了結。

半夜的街道上，我一點都不害怕，這樣的氛圍，反而讓我感覺像是回到了靈魂出竅時的感受。

這兩趟，脫掉身體的經驗，幾乎幫我下半輩子定了調。

我在這個時候也才能好好仔細思考，這一大串亂七八糟的事情，對我來說到底有什麼改變。

看著街上閃爍的燈光，我所有的記憶，都在這個時候連貫了起來。

從大新出社會之後、進入廣告公司、我們會開始吵架，說穿了就是他迷戀上了安姬的身體而已；但是在經歷過格林與秀娟的事情之後，我自己都懷疑，我不過就也只是迷戀大新的身體罷了……對於那段沒有身體的我們來說，可能是最不契合的一段時間了……然而，追求身體的契合，真的是我心中認定，愛情的眞諦嗎？

大新車禍前後，在我周遭，原來各有著三段三人行的戀愛在進行著。格林、幸兒、甜姐；格林、甜姐、秀娟；我、大新以及安姬。

也許不是每一個劈腿的人，都是在心靈與肉體中做選擇，但，在我看來，這樣的選項，的確是會發生在每一段戀愛當中。

我迷惘著。

抬頭看了看天空，月亮很圓。

秀娟的臉，和月亮一般，浮現在我的眼中。

「人，抓不到月亮的，不是嗎？」秀娟早已經告訴了我，所有關於感情的眞諦，就在我們第一次交談時，而我，又何必強求呢……

走在半夜的街道上，吹著風的我，心裡舒坦多了。想要吃些熱騰騰的東西，暖暖肚子。我走進了學校附近的一家便利商店，店內正播放著廣播節目。

「大家晚安！希望現在收聽的是你眞心最愛的節目，而不是剛好轉到這個頻道而已唷！在這種夜半時分，最適合……來首 T&D 的情歌……」

前奏一下，我便沉浸在倫米的歌聲中。奇妙的是，這首我和大新的定情曲，已經不會讓我的斷片記憶，再次浮現了……

聽著音樂，我的意識，越來越模糊……越來越模糊……

第39話

故事的序幕

有時回想起年輕的種種，似乎就像昨日一般。

而我昨晚才夢到了三十歲那年的事情，一段曾經傷透我心的往事。

我叫唐心亭，Charlene，今年剛滿五十歲。

三十歲那年之後，我就沒有談過什麼像樣的戀愛了，不過一方面也是因爲我開始專注在工作上。

原本都只是美術編輯的工作，自從離開了格林的公司之後，我開始去其他出版社當編輯、學行銷等等。

四十歲那年，我自己出來開了間小出版社，經營到現在，目前公司員工不到

三十人，還算過得去。

喔，格林後來自首，進了監獄服刑，公司也就七零八落了。

這幾年我在社會上認識了不少人，談得來的不少，只不過稱得上交心的或是可以交往的，就眞的是數得出來了。

然而今天是個特別的日子。因爲今天是個老朋友重聚的日子，大家應該有過這種經驗，可能某天走在路上你不是一直遇到老朋友、就是一直在等人。

坐在我面前的就是一個老同學—大學時期的老朋友，現在在某大學裡面教書，大家都稱呼他爲孫教授。

「老孫，剛才聊到了靈魂轉世，你還眞的相信這一套？」我說。

「我說眞的呀！」孫教授笑著說。

「我也說眞的，你今天來是有什麼大事？」

孫教授緩緩從他的公事包裡面拿出了紅色信封。

我眼睛一瞪。

「不會吧！你這把年紀，要結婚？」我雖然驚訝，但是嘴角帶著笑意。

「哈，對呀！妳不能不信，這叫做緣分呀！小新……」冷不防，孫教授叫了我年輕時期的小名。

「哈哈，別這樣叫我了，都幾十年沒有人這樣叫了，你這樣，我也要叫你大寶了。」我笑著說。大寶是孫教授大學時期的外號。

孫教授邊笑邊站了起來，看起來像是準備要離開了。

「好了，我的任務完成，妳到時候要準時到呀！」

我點頭著，手上把玩著喜帖。

「老孫，這女孩……你怎麼會又……？」

孫教授面向著門口，並沒有回頭。

「……這女孩上輩子就和我在一起了……」孫教授說。

「……緣份嗎？」我像是想到了什麼似地問著：「啊！要怎麼稱呼她

呀……？」

「Linda，叫她 Linda 吧……」話一說完，孫教授已經走出我的辦公室了。

我看著孫教授走出辦公室，感嘆於人生的變化。年輕時期聽到大寶的女友因為車禍過世了，他一直鬱鬱寡歡，沒想到這年紀，他還可以遇到結婚對象。緣份嗎……

忽然辦公桌上的分機響起。

「總編，有位老朋友來找我們了……」電話那頭是公司的副總編輯—粽子。老朋友，我就說，常有這樣的日子。忽然某一天，老朋友都來找了……

沒多久粽子開了門進到我辦公室，在他身後的是一個看起來年紀不輕的老婆婆。我端詳了一陣，驚訝地失聲叫著。

「幸兒姐！是妳嗎？幸兒姐……」我高興地抱著幸兒，趕緊請她坐下。她一看到我，眼眶裡面也像是含著淚水。

「……這幾年……妳還好嗎？」自從我離開公司後，就再也沒有見過她了。

「很好、很好……小新妳眞能幹……自己開出版社還做得這麼好！」幸兒的聲音聽起來沒什麼改變。

我則是一天之內被兩個人叫了「小新」這名字，有點不太舒服……

「是說……格林……還好嗎？」我問。

「……早就離婚了，後來他的事情，我都不管了……」幸兒說。

我倒了杯茶給幸兒。

「今天……怎麼有空來？」我心裡想，總不會又是發喜帖的吧……

「啊……是這樣啦！我有個兒子……對寫作很有興趣，我也覺得他寫得不錯，想說給妳看看，是否有機會可以栽培他呢？」

「兒子……啊！是吉米嗎？以前都在花園和畢伯玩的那個？」我想了起來。

「不是吉米，吉米是大兒子，我說的是小兒子……」

我在記憶庫裡面搜尋著，印象裡面，格林和幸兒只有一個小孩……啊……我回想起了那天在別墅裡面，幸兒說的兩個消息，她當時才懷孕的……

「啊！那時候懷的那個……」我說。

「對、對！妳還記得……」

「這樣呀……好呀！那，他有來嗎？有帶作品來嗎？」

「有，有……」

「那男孩在會議室，Charlene，妳要過去見個面嗎？」粽子在一旁搭了腔。

「嗯！」

於是我、幸兒和粽子三個人，走進了會議室。

裡面的確坐著一個年輕人。

不知怎麼地，我一踏進會議室全身冒起雞皮疙瘩。雖然心中驚訝，卻還是很禮貌地與年輕人打了聲招呼。

而這年輕人看到我，也立刻起身。

「妳好，我叫做杰林！」看著這位叫杰林的男孩子，一瞬間幾乎出神了。除了眉清目秀的五官之外，他還給了我一種無以言喻的熟悉感。

「你坐……」我的眼睛，一直盯著他嘴角邊的小痣，當他說話的時候，那個小痣會將他的嘴型襯托得非常好看。

我記得，我看過這樣的人。

「有帶作品嗎？」我說。

杰林從他的包包中拿出了一疊稿子，遞給了我。而我不知道怎麼形容，在和他共處的空間裡面，時間似乎整個都緩慢了下來。

我正打算閱讀他的稿子時，忽然手機鈴聲響起，眾人面面相覷，才發現是杰林的。他不好意思地將手伸進包包，拿出了手機，關機。

而我卻是一直盯著手機看。

「不好意思……我關機了。」杰林說。

「喔！不是那個意思，你的手機和我的是同一個牌子呢！」我說。

杰林微笑。

他的那抹微笑，讓我如此熟悉，而我卻說不上來曾經在哪裡看過。

「……現在跟媽媽住在哪裡呢？」我問。

「天母。」杰林的聲音很好聽。

「天母……好地方。」我微笑著。

「是呀，尤其晚上的天母最適合散步，而不適合逛街。」杰林笑笑說。

這句話，勾起了我隱藏多年的回憶……

我看著杰林，應該說是注視著他。但這個二十歲的年輕小夥子，面對我的眼光，竟然絲毫沒有退怯。

就像是看著老情人般，看著我。

我忽然想起了老孫的話。

「哈，對呀！妳不能不信，這叫做緣份呀！小新……」

後記

這個故事，不太好駕馭，我說。

如果眞的有什麼看不懂的地方，也請你說。

不過，這是我個人很愛的故事。

我曾經受邀去講過關於創意激發的課程。在課程上我提到過，就台灣一般年輕人來說，大學畢業後多的是還不知道自己想要做什麼的人，於是藉著出社會工作，開始摸索，其中也包括了對理想的另一半的摸索。

而大部分的台灣年輕朋友，約莫在三十歲左右，大致上都了解了自己的生涯規劃、想要的生活與人生方向。

不過其實還是有很多人到了四十歲依舊在摸索，不管是工作還是愛情，都是如此。

以我說，如果人生有七十年的時間可以活，眞正遇到與自己適合的人一起生活的時間越長，那麼所謂的幸福感會來得越大。

也就是說，如果摸索的時間越短，那麼就表示你找到幸福的能力越強。

可是工作與愛情不同，愛情要怎麼摸索才可以發現誰是自己理想的另一半呢？

我只能說，愛情無法討論，只能身體力行。用自己的喜好去愛人、用自己的選擇去被傷害、用自己的校正去彌補缺憾、用自己的經驗去歸納總結。

每個人的答案一定不同，因爲每個人都不同。千萬不要在考愛情這門科目時，偷看別人的考卷，因爲照著抄的話，不但你的分數不會高，你自己更加容易不開心，一定要用自己的身體去寫，就算分數不好，下一次也一定可以救回來。

就怕你考壞了一次，就不敢考第二次。

我的建議，也許和本書不太有關聯，總之，勇敢去談戀愛，才會知道自己的標準答案為何！

在寫這本書的時候，有幾個小地方曾經讓我困惑過，寫出來搞不好大家有不同的想法。

一個地方是，秀娟的出場。

一開始就設定秀娟是位女同志，只不過，我想像過女同志的靈魂，會不會給人的感覺應該是個男性呢？如果是這樣的話，也許秀娟的設定應該原本就是位衆所皆知的女性作家，只不過小新脫離身體之後認識了一個男靈魂，到最後才知道原來那是三好。

第二個地方就是T&D，我決定將他們的中文名取成『偷米和大衛』樂團，希望大家支持。（對這樂團有興趣的人請參照《未來，我是你的老婆》一書，另外關於孫教授的故事，請參照H作品集《還沒聽見我愛你》以及《怎能忘記我愛你》兩本書。）

最後，祝福大家，祝福每一位閱讀H作品集的人。

如果H的書，可以讓大家在殺時間之餘，還能獲得多一點點對人生的體悟，我就功德無量了。

期待下一次相會。

愛小說 04

脫掉身體談戀愛

出版發行
橙實文化有限公司 CHENG SHI Publishing Co., Ltd
粉絲團 https://www.facebook.com/OrangeStylish/
MAIL: orangestylish@gmail.com

作　　者　H
總 編 輯　于筱芬 CAROL YU, Editor-in-Chief
副總編輯　謝穎昇 EASON HSIEH, Deputy Editor-in-Chief
業務經理　陳順龍 SHUNLONG CHEN, Sales Manager
美術設計　點點設計 Yang Yaping
製版／印刷／裝訂　皇甫彩藝印刷股份有限公司

編輯中心
ADD ／桃園市中壢區永昌路 147 號 2 樓
2F., No. 147, Yongchang Rd., Zhongli Dist., Taoyuan City 320014, Taiwan (R.O.C.)
TEL ／（886）3-381-1618 FAX ／（886）3-381-1620
MAIL: orangestylish@gmail.com
粉絲團 https://www.facebook.com/OrangeStylish/

全球總經銷
聯合發行股份有限公司
ADD ／新北市新店區寶橋路 235 巷弄 6 弄 6 號 2 樓
TEL ／（886）2-2917-8022　FAX ／（886）2-2915-8614

初版日期 2023 年 4 月